U0075697

Contents

206 熊熊和兩個大叔到街上散步 …… 007
207 熊熊生氣了 …… 018
208 蘭道爾綁架米莎 …… 025
209 熊熊救出米莎 …… 028
210 熊熊向艾蕾羅拉小姐說明 …… 038
211 熊熊救出孩子們 …… 047
212 熊熊帶米莎回家 …… 055
213 熊熊思考讓人不怕熊的方法 …… 063
214 熊熊舉辦熊熊活動 …… 072
215 熊熊回到克里莫尼亞 …… 081
216 熊熊收到來自和之國的包裹 …… 090
217 熊熊帶布偶去拜訪諾雅 …… 098
218 熊熊搗麻糬 …… 105
219 熊熊送熊熊布偶給芙蘿拉大人 …… 116
220 熊熊撿到精靈女孩 …… 129
221 熊熊拜訪莎妮亞小姐 …… 143
222 熊熊想去精靈村落 …… 153
223 熊熊往精靈村落出發 …… 162
224 熊熊和精靈姊妹一起洗澡 …… 171
225 熊熊躲雨 …… 182
226 熊熊抵達拉魯滋城 …… 192
227 熊熊與商人交涉　其一 …… 202
228 熊熊與商人交涉　其二 …… 212
229 熊熊渡河 …… 222
230 多古路德等待熊熊 …… 232
231 熊熊拿回手環 …… 236
232 熊熊替繪本出價 …… 241
233 熊熊送繪本給女孩 …… 251
234 熊熊再次往精靈村落出發 …… 263
新發表章節　露法　前篇 …… 274
新發表章節　艾蕾羅拉小姐返回王都 …… 282
新發表章節　露法　後篇 …… 290
後記 …… 297

熊熊勇闖異世界
9
くまなの
Illustrator029
Kadokawa Fantastic Novels

▶優奈'S STATUS_

姓名：優奈
年齡：15 歲
性別：女

▶熊熊連衣帽（不可轉讓）
可以透過連衣帽上的熊熊眼睛看出武器或道具的效果。

▶白熊手套（不可轉讓）
防禦手套，防禦力會根據使用者的等級而提升。
可以召喚出名叫熊急的白熊召喚獸。

▶黑熊手套（不可轉讓）
攻擊手套，威力會根據使用者的等級而提升。
可以召喚出名叫熊緩的黑熊召喚獸。

▶黑白熊服裝（不可轉讓）
外觀是布偶裝。具有雙面翻轉功能。
正面：黑熊服裝
物理與魔法防禦力會根據使用者的等級而提升。
具有耐熱與耐寒功能。
反面：白熊服裝
穿戴時體力與魔力會自動回復。
回復量與回復速度會根據使用者的等級而提升。
具有耐熱與耐寒功能。

▶黑熊鞋子（不可轉讓）
▶白熊鞋子（不可轉讓）
速度會根據使用者的等級而提升。
根據使用者的等級，可以長時間步行而不會感到疲勞。具有耐熱與耐寒功能。

◀熊緩（小熊化）
▼熊急

▶熊熊內衣（不可轉讓）
不管使用多久都不會髒。
是不會附著汗水和氣味的優秀裝備。
大小會根據裝備者的成長而變化。

▶熊熊召喚獸
使用熊熊手套所召喚的召喚獸。
可以變身成小熊。

技能

▶異世界語言
可以將異世界的語言聽成日語。
說話時傳達給對方的內容也會轉變成異世界語言。

▶異世界文字
可以讀懂異世界的文字。
書寫的內容也會轉變成異世界文字。

▶熊熊異次元箱
白熊的嘴巴是無限大的空間。可以放進（吃掉）任何物品。
不過，裡面無法放進（吃掉）還活著的生物。
物品放在裡面的期間，時間會靜止。
放在異次元箱裡面的物品可以隨時取出。

▶熊熊觀察眼
透過黑白熊服裝的連衣帽上的熊熊眼睛，可以看見武器或道具的效果。不戴上連衣帽就不會發動效果。

▶熊熊探測
藉由熊的野性能力，可以探測到魔物或人類。

▶熊熊地圖ver.2・0
可以將熊熊眼睛看到的地方製作成地圖。

▶熊熊召喚獸
可以從熊熊手套召喚出熊。
黑熊手套可以召喚出黑熊。
白熊手套可以召喚出白熊。
召喚獸小熊化：可以讓熊熊召喚獸變成小熊。

▶熊熊傳送門
只要設置傳送門，就可以在各扇門之間來回移動。
在設置好的門有三扇以上的情況下，可以透過想像來決定傳送地點。
傳送門必須要戴著熊熊手套才能夠打開。

▶熊熊電話
可以和遠方的人通話。
創造出來以後，能維持形體直到施術者消除為止。不會因為物理衝擊而損壞。
只要想著持有熊熊電話的對象就能接通。
來電鈴聲是熊叫。持有者可藉由灌注魔力切換開關，進行通話。

▶熊熊水上步行
可以在水面上移動。
召喚獸也可以在水面上移動。

魔法

▶熊熊之光
藉由聚集在熊熊手套上的魔力，可以產生熊熊形狀的光球。

▶熊熊身體強化
將魔力灌注到熊熊裝備，就可以進行身體強化。

▶熊熊火屬性魔法
藉由聚集在熊熊手套上的魔力，可以使用火屬性的魔法。
威力會與魔力、想像呈正比。
如果想像出熊的模樣，威力會變得更強。

▶熊熊水屬性魔法
藉由聚集在熊熊手套上的魔力，可以使用火屬性的魔法。
威力會與魔力、想像呈正比。
如果想像出熊的模樣，威力會變得更強。

▶熊熊風屬性魔法
藉由聚集在熊熊手套上的魔力，可以使用風屬性的魔法。
威力會與魔力、想像呈正比。
如果想像出熊的模樣，威力會變得更強。

▶熊熊地屬性魔法
藉由聚集在熊熊手套上的魔力，可以使用地屬性的魔法。
威力會與魔力、想像呈正比。
如果想像出熊的模樣，威力會變得更強。

▶熊熊電擊魔法
藉由聚集在熊熊手套上的魔力，可以使用電擊魔法。
威力會與魔力、想像呈正比。
如果想像出熊的模樣，威力會變得更強。

▶熊熊治療魔法
可以使用熊熊的善良心地治療傷病。

克里莫尼亞

菲娜

優奈在這個世界第一個遇見的少女，十歲。由於母親被優奈所救而與她結緣，開始負責肢解優奈打倒的魔物。有個比自己小三歲的妹妹，名叫修莉。

諾雅兒・佛許羅賽

暱稱諾雅，十歲。佛許羅賽家的次女。是個熱愛「熊熊」的開朗少女。因為與優奈結緣而和菲娜成為好友。在王都有個比自己大五歲的姊姊希雅。

媞露米娜

菲娜的母親。被優奈治好了疾病，之後與根茲再婚。受到優奈委任，負責「熊熊食堂」和「熊熊的休憩小店」等等的財務等工作。

雪莉

孤兒院的女孩。手巧受到肯定，目前在裁縫店拜師學藝。接下了優奈的委託，替她製作熊緩和熊急的布偶。

安絲

密利拉鎮的旅館女兒。料理的手藝被優奈發掘，於是前往克里莫尼亞。負責在「熊熊食堂」掌廚。

艾蕾羅拉・佛許羅賽

諾雅與希雅的母親，三十五歲。平常在國王陛下身邊工作，居住在王都。人面很廣，經常在各方面幫助優奈。

克里夫・佛許羅賽

諾雅的父親。克里莫尼亞城的領主。是個經常被優奈的誇張行動拖下水的可憐人。個性親民，對待優奈的態度也很直爽。

卡琳

母親莫琳在王都開的麵包店差點被拿去抵押時，受到優奈的幫助。此後和母親莫琳一起到「熊熊的休憩小店」做麵包。

錫林

米莎娜・法蓮格侖

暱稱米莎，十歲。前去參加國王誕辰的途中遭到魔物襲擊，被優奈所救。邀請優奈等人來參加自己的生日派對。

葛蘭・法蓮格侖

米莎的祖父。錫林城的東區領主。前去參加國王誕辰的途中被優奈所救，很感謝她的恩情。在與賈裘德的糾紛中居於劣勢。

波滋

法蓮格侖家的料理長。原本負責執掌葛蘭和米莎的生日派對，卻中了賈裘德的陷阱，手臂受了傷。

賈裘德・沙爾巴德

錫林城的西區領主。為了成為錫林城唯一的領主，用盡各種奸計，將葛蘭逼入絕境。

蘭道爾・沙爾巴德

賈裘德的兒子。個性粗暴，絲毫不掩飾對米莎的敵意。

王都

露依敏

倒在王都的熊熊屋前的精靈少女。為了尋找姊姊，從精靈村落一路旅行到王都。

莎妮亞

王都冒險者公會的會長。是個女性精靈，優奈與冒險者發生糾紛或是狩獵魔物時曾經幫忙善後。

芙蘿拉公主

艾爾法尼卡王國的公主。稱呼優奈為「熊熊」，非常親近她，也很受優奈的喜愛，曾收到繪本作為禮物。

賽雷夫

王宮料理長。為了幫助因波滋受傷而無法供應料理的法蓮格侖家，跟著優奈從王都來到錫林城。

206 熊熊和兩個大叔到街上散步

在米莎的生日派對上，我被要求穿上派對禮服，諾雅想要熊緩和熊急的布偶等等，雖然發生了這些事很辛苦，不過派對也順利結束了。

然後，討論到要把我送葛蘭先生的鋼鐵魔偶擺在哪裡時，現場又引發了一陣騷動。

葛蘭先生好像想把鋼鐵魔偶擺在玄關，卻遭到很多人反對。

「爸爸，絕對不可以放在玄關。第一次看到的人會嚇到的。」

「那不是很好嗎？」

「不可以。如果你執意要放在玄關，我就要請優奈小姐帶回去了。」

身為兒子的李奧納多先生轉頭望向我。

因為其他人也持反對意見，葛蘭先生只好放棄把鋼鐵魔偶擺在玄關。而經過一番討論後，最後決定把鋼鐵魔偶放在二樓的中央通道。放在那裡平常不會被客人看見，想要展示的時候，走上二樓就可以馬上看到，大家都同意這麼做。

不知為何，擺放鋼鐵魔偶成了我的工作。

「那麼重的東西，我們搬不動。」既然人家這麼說，也只好由我來搬了。

我先把鋼鐵魔偶收進熊熊箱，走到二樓再放到通道上。

嗯，很帥呢。

這種鐵的質感很好。泥土魔偶看起來很脆弱，也不怎麼漂亮。如果有白銀魔偶或黃金魔偶的話，真想把三尊放在一起當擺飾。既然都有祕銀魔偶（虛有其表）了，有其他魔偶存在也不奇怪。

參加完派對的我一走進房間就馬上把禮服脫掉，換上熊熊布偶裝。

啊啊，穿著熊熊布偶裝果然很安心。這種觸感、這種受到保護的安全感。我剛開始還覺得丟臉，所以很排斥，現在卻會想要主動穿它。忍不住這麼想的自己讓我覺得很可怕。

竟然會想念熊熊布偶裝，這搞不好真的是帶了詛咒的防具。說到帶有詛咒的防具，有很多都是一旦穿上就脫不下來的東西，但熊熊布偶裝是會讓裝備者本人想要穿它，所以才更惡質。

我往旁邊一看，發現脫掉禮服的菲娜也露出了安心的表情。菲娜想要脫掉禮服的理由似乎跟我不一樣。她用小小的聲音說了「幸好沒有弄髒」。

要是弄髒了，或許真的大事不妙。

脫下禮服的我問諾雅該怎麼辦。

就算要洗過再歸還，我也不知道該怎麼洗禮服，這個世界也沒有洗衣店。

可是，見到我要歸還禮服，諾雅說了與我的預期不同的話：

「這件禮服就送給妳。」

我不能無緣無故收下這種看起來很貴的禮服。

「我不能收啦。」

「不，這是交換。我用這件禮服跟妳交換熊熊布偶。所以，請妳一定要給我熊熊布偶喔。」

她的意思似乎是要以物易物。

只要她先把東西給我，我就一定要遵守約定。我原本就打算送她布偶，所以沒有什麼問題，可是我還有機會穿上這件禮服嗎？

「我也要把禮服送給菲娜，請好好珍惜喔。」

菲娜拚了命想拒絕，諾雅卻堅持不退讓。

「我沒有機會穿，就算收下也……」

「菲娜都參加米莎的生日派對了，難道不願意參加我的生日派對嗎？」

「我、我不是那個意思……」

「既然這樣，妳就穿著這件禮服來參加我的生日派對吧。如果尺寸不合了請告訴我，我會請人幫忙調整的。」

結果菲娜也沒有理由推託，只好收下禮服。

派對結束的隔天，克里夫和艾蕾羅拉小姐一大早就來到房間跟我們商量今後的行程。他們說

兩天後才要回克里莫尼亞，在那之前可以自由度過這段時間。艾蕾羅拉小姐好像要先完成一些工作再回去。

「既然諾雅兩天後才要回去，我也在那一天一起回去好了。」

艾蕾羅拉小姐，請妳好好工作。

總而言之，既然還有一段時間才要回到克里莫尼亞，我決定去探索一下城市。

「那麼，我出門了。」

「好。」

在菲娜等人的目送之下，我一個人走出房間。我今天難得和菲娜她們分頭行動。

菲娜和諾雅今天要一邊欣賞米莎家的花壇，一邊舉辦三個人的茶會。她們也邀請了我，可是我拒絕了，打算去尋找食材。

走到玄關時，我遇到了賽雷夫先生和波滋先生。

「優奈閣下，您要出門嗎？」

「是啊，賽雷夫先生你們也是嗎？」

「是的，我請波滋帶我去街上逛逛。」

「熊姑娘今天是一個人嗎？」

波滋先生往我身後望去，他應該是在問菲娜她們的事吧。

「她們三個好朋友要舉辦茶會，我打算一個人去探索一下城市。」

「既然如此，優奈閣下，您要不要跟我們一起去呢？」

「喂，賽雷夫，你想跟這個打扮成熊的小姑娘走在一起嗎！」

你也不用說成這個樣子吧……雖然我的確是熊。

不過，好久沒有看到這種反應了。

「話說回來，妳為什麼要打扮成這個樣子？昨天的打扮不是很正常嗎？」

「這套熊熊服裝包含了道具袋的功能，在各方面都很方便喲。」

我讓熊熊玩偶手套的嘴巴開開闔闔，模糊帶過詳細的內容。

「妳拿出鋼鐵魔偶的時候，我的確是嚇了一跳。而且派對用的食材也是放在妳的道具袋裡從王都帶來的吧？」

「波滋，你不是想要向優奈閣下道謝嗎？要不要帶她去街上逛逛呢？」

道謝？我做了什麼值得讓波滋先生向我道謝的事情嗎？

我並沒有治好他的傷。

「……我知道了。那熊姑娘想去哪裡呢？」

「我想去看看食材，有時間的話也想去一趟冒險者公會。」

「話說回來，妳真的是冒險者嗎？我聽賽雷夫這麼說，但到現在還是難以置信。」

也對，我打扮成熊的樣子，當然沒有人會覺得我是冒險者。

「算了，無所謂。我們也正打算去看看食材，我幫妳帶路吧。」

我沒有理由拒絕，於是答應波滋先生和賽雷夫先生的提議。如果有什麼事，到時候再分頭行動就好。賽雷夫先生、波滋先生和我這鮮少一起行動的稀奇組合走出了宅邸。

一邁出步伐，波滋先生就對我開口說道：

「熊姑娘，這次謝謝妳找賽雷夫來。多虧如此，我們才不用看那個貴族囂張的嘴臉。」

波滋先生鄭重地向我道謝。原來是對這件事道謝啊。據其他人所說，對方好像是個不得了的貴族。

「對了，妳是從哪裡學到那些料理的？是叫做布丁和蛋糕跟鮮奶油嗎？我聽賽雷夫說，妳好像還知道更多美味的料理。」

「波滋，你答應過我不對優奈閣下多問的。」

「我是答應過。可是啊，身為一個廚師，怎麼可能不好奇？」

「我可以理解你的心情。」

「話說回來，她有教你做料理吧？」

「是的，優奈閣下確實有教我。」

不知為何，賽雷夫先生有點得意地這麼說道。

他曾問我為什麼要教他，我說是為了芙蘿拉大人。因為我希望芙蘿拉大人可以隨時吃到，才會教賽雷夫先生做法。當然了，吃太多對身體不好，所以我也有交代他不要太常做。

可是，不知道這種事的波滋先生露出了不甘心的表情。我們一邊走，一邊繼續聊著我做的布丁和蛋糕。

「怎麼，妳要在王都開店嗎？」

「我們正在籌備一家店，由我來管理。所以我已經把做法傳授給要在那家店工作的人了。波滋要不要也來店裡工作呢？」

「不，葛蘭大人對我有恩，在我報答他收留我的恩情之前，我不能走。」

波滋先生和外表不同，其實是很認真的人呢。

「我也可以教波滋先生怎麼做喔。」

「可以嗎！」

「不過，我要請你遵守幾項約定。」

「約定？」

「不要教別人。還有，可以的話，希望你不要開店。」

「我沒有錢能開店，放心吧。我只是作為一個廚師感到好奇而已。要我簽切結書也可以。」

「不用切結書啦。還有最後一項，這是最重要的。」

「還有比前面那些更重要的事嗎？」

不教別人。不開店。有件事比這些更重要。

「啊啊，原來如此。要在葛蘭大人身邊工作，的確有件很重要的事。」

看來賽雷夫先生已經注意到了。

「賽雷夫知道嗎？」

「畢竟我也有答應那個約定。」

「是那麼重要的事嗎……」

「沒錯。就算米莎想吃，你也不可以每天做。特別是糖分多的蛋糕，七天只能做一次，最多就兩次。」

這一點絕對不能讓步。

那麼可愛的女孩要是變胖就太可憐了。重點是，吃太多甜食有害健康。

「……這麼無聊的約定？」

「才不無聊呢，對女孩子來說是很重要的事。要是米莎將來變胖，因此嫁不出去的話，都是波滋先生的錯。」

「唔唔，聽妳這麼一說，確實是很重要的事。」

「你要好好管理米莎的飲食生活喔。就算米莎說她想吃，你也不可以每天都做喔。」

「優奈閣下也有交代我不可以讓芙蘿拉大人吃太多。」

「知道了。我也答應妳。」

要暫時待在這裡的賽雷夫先生會把做法傳授給波滋先生。

然後，我們抵達市場，開始到處逛。

「其他人都在看我們。」

「的確在看呢。」

波滋先生和賽雷夫先生好像很在意周圍的視線。

這搞不好比跟菲娜等人走在一起還要奇怪。小女孩跟穿著熊熊布偶裝的人走在一起，和兩個大叔跟穿著熊熊布偶裝的人走在一起，毫無疑問是後者比較奇怪。

「來到人多的地方，投來的視線就更多了。」

來買東西的客人和店裡的店員的確都在看我們，走到哪裡都能聽到「熊」這個字。只要沒有人靠過來摸我，或是對我做什麼事，我都不會在意。波滋先生也無奈地帶著我到店裡逛。

因為距離克里莫尼亞並不遠，所以店裡賣的東西和克里莫尼亞並沒有什麼不同。

或許要到氣候差異比較大的地方才能找到特別的東西吧。不過店裡還是有我沒有見過的東西，於是我問了專精食材的老師。

「那是口味酸甜的水果。用來代替草莓放到蛋糕裡或許也會很好吃。」

「的確，可能很適合給大人吃。」

「那種水果很甜，放到蛋糕裡應該很受小孩子歡迎。」

嗯，上了一課呢。

「大叔！那幾箱全部賣給我吧，那邊的水果也要。」

我付了買東西的錢，而店裡的大叔露出了驚訝的表情。這也難怪，很少有人會一次購買這麼大量的食材吧。

我想他一定不是對我的服裝感到驚訝。

「優奈閣下，您要買這麼多嗎？」

「克里莫尼亞可能也有賣，可是還要去找很麻煩。」

「就算如此，還是太多了吧？」

「我會拿去送給孤兒院的孩子們吃，沒關係啦。」

「孤兒院？」

對了，波滋先生不知道呢。

「我正在做類似經營孤兒院的事，所以會送這些東西給孩子們當伴手禮。」

「原來妳還會做那種事啊。」

波滋先生很驚訝。

「是啊，算是順理成章吧。」

「妳是哪裡來的貴族千金嗎？」

「才不是呢。我只是普通的女孩子。」

「……普通的女孩子啊。」

波滋先生用懷疑的眼神看著我。除了熊熊服裝以外，我真的是普通的女孩子啦。

後來我們逛了市場一圈，感覺買得差不多了，就結束購物。

「那麼，要先回去一趟嗎？」

「優奈閣下打算怎麼辦呢？」

「我要在街上散個步再回去。波滋先生、賽雷夫先生，謝謝你們，我學到了很多。」

「那真是太好了。下次我會帶您去王都的冷門好店逛逛的。有個地方會賣來自各地的珍奇食材呢。」

什麼？真是太令人好奇了。我與賽雷夫先生約定好，跟他們兩個人道別。

207 熊熊生氣了

好了，要去哪裡呢？

我和兩人道別後，隨意地在街上閒晃。

當我正在街上左顧右盼的時候，白熊玩偶手套發出了「咿～咿～咿～」的叫聲（？）。

我花了幾秒才發現這是熊熊電話的聲音，然後從熊熊箱裡取出熊熊電話。

「喂？菲娜？」

『優、優奈姊姊……米莎大人她……』

熊熊電話中傳出菲娜痛苦的聲音。

「菲娜！菲娜，妳怎麼了！發生什麼事了！」

『優奈……姊姊……』

「妳怎麼了！」

『…………』

我對熊熊電話大喊，卻沒有反應。

我朝葛蘭先生的宅邸奔去。

我在奔跑的途中也繼續呼喚菲娜，但她沒有回應。

菲娜在哪裡？

宅邸前有傭人在。

「米莎她們沒事吧！」

傭人被我激動的樣子嚇到了。

「米莎娜大人嗎？」

傭人不知道我到底在問什麼。

什麼事都沒有發生嗎？

既然這樣，菲娜她們人呢？

菲娜說她要跟米莎和諾雅一起欣賞花壇，舉辦茶會。我本來想詢問眼前的傭人花壇的位置，但自己找比較快。我丟下傭人，使勁一跳，躍上了屋頂。然後，我發現花壇就在左手邊。

「菲娜！」

我從屋頂上跳到開著漂亮花朵的花壇前。

菲娜和諾雅倒在花壇前面，送給米莎當禮物的熊緩和熊急布偶就掉在她們旁邊，但我沒有看到米莎的身影。

菲娜的手裡握著熊熊電話。

「菲娜！諾雅！」

我跑過去，抱起菲娜。

菲娜的臉上有被毆打過的痕跡。

是誰幹的！

「嗚嗚……」

我溫柔地觸碰她的臉，使用治療魔法。接著，她臉上的紅腫便漸漸消去。

我接著確認諾雅的狀況，不過她好像只是昏過去而已。

我鬆了一口氣，可是卻找不到米莎的身影。周圍只有熊緩和熊急的布偶掉在地上，這裡肯定發生過什麼事。

「米莎！」

我大叫，但沒有人回應。

她遭到襲擊逃走了嗎？還是被抓走了？

如果米莎逃走了，應該會引起騷動。從傭人剛才的反應可以知道，並沒有引起騷動。如果有人發現，菲娜她們也不可能被丟在這裡。

既然如此，就表示米莎是剛剛才被帶走的。

「優奈，怎麼了？傭人被妳嚇到了……諾雅！」

克里夫走了過來，看見倒在地上的諾雅便叫道。

「優奈，發生什麼事了！」

「不知道。我發現菲娜有危險，趕過來的時候就……」

克里夫抱起諾雅。我回到菲娜身邊，但她還沒有恢復意識。

到底發生什麼事了？米莎沒事吧？

我正在跟克里夫交談時，傭人與梅森小姐來了。

「優奈大人！請問發生了什麼事？」

「她們好像被人襲擊了。梅森小姐，請妳去向葛蘭先生報告，還要找找看米莎有沒有在宅邸裡，以防萬一。」

雖然我覺得沒有用，但還是這麼拜託。梅森小姐馬上交代傭人們分頭去尋找。

這時候葛蘭先生剛好來了。

「發生什麼事了？」

「米莎不見了，菲娜和諾雅倒在這裡。」

「妳說什麼？」

除此之外，我什麼都不知道。葛蘭先生看向被我們抱著的菲娜和諾雅。只有米莎不見了，光是如此，就可以知道這裡肯定發生了什麼事。

葛蘭先生正要行動的時候，菲娜微微睜開了眼睛。

「菲娜！」

「優奈……姊姊？」

「發生什麼事了？」

菲娜望向四周，然後抓住我的熊熊服裝。

「米莎大人她、米莎大人她……」

菲娜拚命擠出聲音呼喚米莎的名字。

「不要急，慢慢說就好。」

「米莎大人和諾雅大人跟我三個人剛才一邊賞花一邊聊天。然後，突然有一個穿著黑色斗篷，戴著白色面具的男人出現，抓住米莎大人想要把她帶走。我、我和諾雅大人想保護米莎大人，所以抓住他的衣服，可是什麼都辦不到……」

菲娜揉揉臉頰。她就是在那個時候被打的吧。

「優奈姊姊，請救救米莎大人。」

她用泫然欲泣的表情哀求我。

「別擔心，我會救米莎的。梅森小姐，菲娜就拜託妳了。」

我溫柔地摸摸菲娜的頭，緩緩站起身來。

我的憤怒就快要爆發了。光是看到菲娜被毆打的臉，我就已經達到沸點。又聽說米莎被擄走的事情，我不可能置之不理。

「優奈，妳打算怎麼辦？」

克里夫問道。我一邊撿起布偶，一邊回答：

熊熊勇闖異世界

「什麼怎麼辦？當然是去把米莎搶回來了。米莎都被擄走了，你還問我這種問題？」

問這麼蠢的問題，克里夫是笨蛋嗎？

糟糕，我滿肚子火，沒辦法壓抑感情。我把掉在地上的熊熊布偶交給菲娜。

「妳說妳要去救她？妳知道米莎在哪裡嗎？」

葛蘭先生用力抓住我的肩膀。

我靜靜地撥開他的手，張開雙手。

「熊緩！熊急！」

我召喚出熊緩和熊急。看到體型龐大的熊緩和熊急，周圍的人發出驚叫聲，但我絲毫不在意。

「你們兩個知道米莎在哪裡嗎？」

熊緩和熊急聞了聞周圍的氣味，然後「咿～」地叫了一聲。我跳到熊緩背上。

「小姑娘，等一下！」

「什麼啦！」

我趕著離開，葛蘭先生卻叫住我。

「米莎拜託妳了。」

我點點頭，越過圍牆起跑。熊緩和熊急在道路的正中央奔馳。街上的人一陣吵鬧，但我視而不見。我不知道到底是誰幹了這種事情，但你別想活著回去。

我們從派對回來了。因為突然出現的廚師，一切都以失敗告終。

我很煩躁。

到底是怎樣？連老爸也輕易退縮了，一點也不像老爸。如果是平常，他一定會堅持要繼續陷害對方。不過是出現那種程度的廚師，他竟然退縮了。像平常一樣不就好了嗎？如果對方不聽話，就逼他聽話。老爸一直以來不都是這麼做的嗎？賄賂、脅迫、暴力，方法多得是。

這裡的地下室關著老爸抓來的小孩子。為了不讓他們的父母去參加米莎娜的蠢爺爺舉辦的派對，老爸才會抓這些小孩過來。就算受到老爸的威脅，他們的父母還是打算去參加，所以才要綁架小孩來威脅他們，這次也用同樣的方法就行了。

我把布拉德叫來，命令他去綁架米莎娜。

「請問這是您父親的指示嗎？」

「是我的命令，你只要乖乖聽我的話就好。」

「沒有問題，但我還是會收取費用。」

「我知道，錢我付得起。可是，你要偷偷把她擄走。要是被人家發現是我幹的，那就麻煩

了。」

後來，布拉德開始執行米莎娜的綁架行動。

根據布拉德的報告，米莎娜在城外幫忙冒險者擊退鼴鼠，因為有冒險者在，所以沒有機會綁架她。不過，竟然去擊退鼴鼠，她還真是悠閒。她也只有現在能這麼悠哉了。

我交代布拉德一有機會就綁架她，卻過了好幾天都還沒有抓到人。真不知道是他無能，還是真的沒有機會。

老爸受了那麼大的屈辱，卻還是沒有任何行動。我有時候會看到他在跟商人交談，小孩被綁架的家長也有來過，但老爸似乎打算等那個廚師離開後再放了小孩。

這個時候，布拉德向我報告，說他把米莎娜抓來了。布拉德帶著眼睛和嘴巴都被蒙住的米莎娜來到我面前。這樣一來，法蓮格侖家就完蛋了。

我叫布拉德把米莎娜帶到隔壁的房間，免得她聽見我的聲音。

「她沒有發現綁架她的人是你吧？」

「我戴著面具，也馬上摀住了她的眼睛和嘴巴，沒有問題。」

「那就好。」

我正在思考要怎麼辦的時候，臉色大變的老爸跑過來了。

「蘭道爾！聽說你綁架了米莎娜，是真的嗎！」

「是啊，我只不過是做了老爸平常都在做的事情而已。接下來只要威脅那個老頭，叫他辭掉領主的職位就行了。」

「你這個笨蛋！事情怎麼可能那麼簡單。貴族和商人是不同的，如果是貴族，為了保住領主的地位，拋棄一個小丫頭也在所不惜。如果是我……」

雖然我沒有聽清楚最後一句話，但我知道老爸是什麼意思。

意思是「如果是我就會拋棄你」。如果老爸被抓了，我也會拋棄他。可是就算如此，我也不覺得那個活得老老實實的法蓮格侖家的人會拋棄家人。

如果是那個家族，搞不好會為了米莎娜而放棄領主的地位。

老爸瞪著我，正打算再度開口時，從玄關那裡傳來了很大的噪音。

209 熊熊救出米莎

熊緩和熊急帶我來到的地方是和葛蘭先生家差不多大的宅邸。

我用風魔法破壞宅邸的大門，從熊緩背上跳下來，慢慢走進去。熊緩和熊急跟在我的身後。

「妳是什麼人！」

突然出現的守衛對我舉起了劍。

「米莎在哪裡？」

我靜靜地詢問守衛。連我也沒想到自己會發出這種聲音。

「妳在說什麼？」

看來守衛好像不知道。我嫌守衛礙事，於是用熊熊鐵拳讓他閉嘴。男人歪著身體倒地。我經過倒地的男人旁邊，站到玄關前，然後用熊熊鐵拳打開門，代替了招呼。門發出巨大的聲響，飛了出去。門消失之後，通風變好了，熊緩和熊急也可以輕鬆走進屋內。這個家已經要完蛋了，根本不需要門。

「熊緩、熊急。」

聽到我說的話，熊緩和熊急馬上邁出步伐。熊緩和熊急會帶我去找米莎。我正要跟著牠們走的瞬間，看似這座宅邸主人的蟾蜍臉男人和曾經向米莎挑釁，並企圖毆打我的少年出現了。

這座宅邸果然是他們的。

竟然把綁來的米莎帶回自己的宅邸，他們是笨蛋嗎？

「怎麼回事！妳是什麼人？那些熊又是哪裡來的？」

現在的我並沒有親切到會好好回答男人的問題。

「米莎在哪裡？」

我用低沉的聲音問道。

「妳是當時那隻打扮奇怪的熊。」

看來少年似乎還記得我是誰。

「米莎在哪裡？」

我又問了一次。

「妳在說什麼？」

蟾蜍男代替少年回答。

還想假裝不知道啊。

我對蟾蜍男發射威力較小的空氣彈，蟾蜍男抱著腹部，跪了下來。明明只是威力極小的魔法，他到底在痛苦什麼？接下來才是真正的地獄。

「我會自己去找，就算你們不說也無所謂。只不過等我找到她，我也不知道你們會有什麼下

場就是了。」

如果米莎受了傷，我不會輕易放過他們。

「妳、妳到底在說什麼？」

蟾蜍男痛苦地望向我，但我對他的話充耳不聞，邁出步伐。

我帶著熊緩和熊急開始移動的時候，有個黑影從階梯上跳了出來，同時有火球朝著熊緩和熊急飛來，不過熊緩和熊急輕輕鬆鬆地躲開了火球。

「熊竟然能躲掉剛才的攻擊？」

披著黑色斗篷的黑衣男出現了。

「穿著滑稽的服裝，還帶著熊，妳到底是什麼人？妳好像也早就注意到我正在監視的事了。」

突然現身的黑衣男說了些莫名其妙的話。

他在說什麼？

「我在那麼遠的距離下監視，沒想到會被妳發現。」

這個黑衣男到底在說什麼？

「因為如此，我一直找不到機會下手。這次只剩下小孩們，我才終於成功綁架到目標。不過，妳為什麼能這麼快就找到這裡來？妳外出了，應該不可能這麼快就接到通知。」

「布拉德！不要多嘴！」

「已經被這個奇裝異服的小姑娘發現了，沒用的。」

所以擄走米莎的人就是這個黑衣男啊。

也就是說，毆打菲娜和諾雅的人也是這個黑衣男。

這麼簡單就能找到犯人真是太好了。而且，他對綁架一事根本不抱罪惡感，我可以揍他對吧？

看到犯人就在眼前，我忍不住笑了。

「有什麼好笑的？」

「我只是很高興這麼輕易就能找到打傷菲娜的犯人而已。」

「布拉德，都是因為你綁架人的時候被發現了！你給我負起責任，解決掉這女的和熊！」

蟾蜍男的兒子對黑衣男這麼叫道。

「沒辦法了。其實我很想再額外收費，不過既然是我的失誤，這次就免費服務吧。」

黑衣男說完便朝我跑來，毫不猶豫地放出火球。我用白熊玩偶手套抵擋，用火球回敬他。布拉德往後跳著躲開。

「擋住魔法，再用魔法反擊啊。真是個有趣的小姑娘，我還是不要看妳是小孩子就掉以輕心吧。」

男人就像看著獵物的野獸般舔了舔嘴巴。

真噁心，我開始想吐了。

「布拉德，你竟敢用魔法！想毀了這棟宅邸嗎！」

「這位熊姑娘也有使用魔法啊。」

「少囉嗦，快點解決掉那個奇怪的女人。你們也一樣，絕對別讓她跑了！」

蟾蜍男叫道。

我回過頭，看到幾個警衛擋在大門前。他們真的覺得這樣就擋得住我嗎？

他們明明看到熊緩和熊急就怕得要命。熊緩和熊急一靠近，他們應該就會乖乖讓路吧。

「其實我也想在寬敞一點的地方戰鬥，但這也沒辦法。」

男人說著，拿著小刀向我衝過來。我可以看清男人的動作。男人移動的路線、小刀的軌跡，我全都看得很清楚。

我躲過男人揮過來的小刀，對男人的臉使出熊熊鐵拳。可是，他躲開了熊熊鐵拳。

擦身而過的時候，男人笑了，他的笑容增強了我的怒火。不過是躲過了一擊，少得意了。

男人高舉小刀，不過，太慢了。我用白熊玩偶手套的嘴巴咬住男人的小刀。

這個瞬間，男人第一次露出了驚訝的表情。男人想用蠻力往下砍，小刀卻一動也不動。

我用右手的黑熊玩偶手套用力揮拳，拳頭卻劃過空氣。

又被躲開了？

男人放開小刀，往後方避開了。他再次放出火球，而我用水魔法抵銷攻擊。不對，我的魔法贏了。水吞沒了火，水流順勢撲向退到後方的男人。可是即使是這一擊，也被男人躲開了。

「妳到底是什麼人？竟然能擋住我的小刀，力氣甚至勝過我。」

「你根本沒使出全力吧。」

「因為這裡很狹窄，而且使用威力強的魔法會打壞屋子。可是妳明明比我晚一步使用魔法，我竟然還是占下風，真令人不甘心呢。」

「你只是沒有跟比自己強的人戰鬥過吧？難道是因為我的外表，你手下留情了？」

「沒有那回事。從第一次見到妳的那個時候開始，我就知道妳不只是個奇裝異服的女孩。」

從那個時候開始？

「看妳保護少女時的應對方式就知道了。所以我才會特別挑妳不在的時候下手。」

這句話讓我重燃怒火。

「打倒你之前，我也要問你一個問題。你為什麼要攻擊和米莎在一起的那兩個女孩子？既然你有這種程度的實力，根本沒必要理會她們吧？」

「啊啊，妳是說當時在場的那兩個人啊。她們真的很勇敢。我正要抓著目標的少女逃走，她們卻突然抓住我的衣服，所以我才做出了有點粗暴的行為。因為她們拚了命抓住我的衣服，就是不放手。」

「夠了。我知道了。」

問了也是白問，只是讓我更不爽而已。

可是，菲娜和諾雅的勇敢英姿浮現在我的腦海。她們倆只是想要幫助朋友，但我不希望她們

做出危險的事。

我要快點打倒所有人，把米莎帶回她們倆的身邊。這樣就夠了。

我對黑熊玩偶手套灌注力氣。

用魔法打倒對手比較簡單，可是那麼做無法讓我消氣。為了菲娜和諾雅，我要痛毆他的臉，百倍奉還。

我對男人擲出搶來的小刀，同時往地面一蹬。

男人迅速閃過我丟出的小刀，但我等在了他移動後的地點。男人對此做出反應，但我比較快。我用力揮出的黑熊玩偶手套襲向男人的臉部，並順勢將拳頭揮到底。

男人被重重打到地面上，他彈跳了兩三次才停下來。

他的臉變形，鼻子和嘴巴都流出鮮血。鼻梁和牙齒肯定斷了。

男人陣陣抽搐，沒有要站起來的跡象。

「布拉德！」

蟾蜍男的兒子叫道，蟾蜍男則用難以置信的表情看著男人和我。我回瞪他，蟾蜍男便大叫：

「你們還在幹什麼？快點解決掉這隻奇怪的熊！」

警衛有的趕緊舉起了劍，有的開始詠唱魔法。

可是我使用了風魔法，把警衛全部吹走。

「妳到底是什麼人？」

「我是米莎的朋友。我本來不打算插手管貴族之間的紛爭，但既然你們對米莎這樣的小孩子出手，那就另當別論了。」

「我不知情，都是我兒子自作主張。」

蟾蜍男轉頭望向兒子，他卻不見了，好像是在我攻擊警衛的瞬間逃走的。我使用熊熊探測的技能尋找企圖逃走的人物，他卻自己回來了。

而且還帶著米莎。

「喂，那邊那隻熊！要是敢反抗，我就把這傢伙的……」

笨蛋兒子的話還沒說完，我就用空氣彈擊中了他的臉。他放開了米莎，我一口氣縮短和笨蛋兒子的距離。救回米莎後，我對笨蛋兒子的臉使出熊熊鐵拳，笨蛋兒子的鼻子和嘴巴也流出鮮血，倒到地上。

我望向被救出的米莎。她的手被繩子綁在前面，嘴巴和眼睛都被布蒙住了。

我把布拿掉，米莎的眼眶裡溢出淚水。

「已經沒事了。」

為了讓她安心，我露出溫柔的微笑。

「優、優奈姊姊大人……」

我輕輕抱住哭泣的米莎，用小刀切斷綁住她手腕的繩子，然後用冰冷的眼神瞪著笨蛋兒子的父親。

「我真的不知情，是我兒子自作主張。」

「所以你想說事情跟自己無關？」

「沒錯。而且妳對身為貴族的我做出這種事情，還以為自己可以全身而退嗎？」

啊啊，兒子跟爸爸都是一個樣。從他嘴裡吐出來的話沒有任何一絲歉意。請他安靜一點好了。我已經忍無可忍，正要一拳讓他閉嘴的時候……

「優奈，等一下！」

艾蕾羅拉小姐出言阻止的聲音從某處傳來。

210 熊熊向艾蕾羅拉小姐說明

「優奈，等一下！」

就算叫我等一下，手臂也沒辦法緊急煞車。熊熊玩偶手套沒有停下來，一拳揮到底。

「咕呼！」

熊熊玩偶手套陷進蟾蜍男的腹部。

「晚了一步啊。」

不，趕上了喔。因為艾蕾羅拉小姐突然出聲，熊熊鐵拳的威力減半了。

蟾蜍男並沒有飛出去，內臟也沒有掉出來，他只是口吐白沫，失去意識而已，這就是證據。

「艾蕾羅拉小姐？妳怎麼會在這裡？」

艾蕾羅拉小姐從我打壞的門走進來，我對她這麼問道。

「我去商業公會辦事，回程的路上看到妳面目猙獰地騎著熊緩跑過去，所以就慌慌張張地追過來了。看到妳那副樣子，我怎麼可以不追過來呢？」

什麼面目猙獰啊，我的臉有那麼可怕嗎？

我試著回想。嗯，大概有吧。菲娜她們遭到襲擊，我不生氣才怪。

「可是，不要讓上了年紀的人跑這麼遠嘛。」

話雖如此，她卻不怎麼喘。而且她說自己上了年紀，外表看起來卻只有二十五歲左右。相較之下，艾蕾羅拉小姐後面那三個和她一起的人還比較喘。我對其中一個人有印象，我記得他是在國王誕辰、王都的盜賊騷動、我買起司遇到糾紛時幫助過我的藍傑爾先生，其他人都是初次見面，我不認識。既然跟藍傑爾先生在一起，代表他們都是騎士嗎？

看似騎士的三人氣喘吁吁，艾蕾羅拉小姐卻一臉輕鬆。艾蕾羅拉小姐到底是什麼人？

「那麼，優奈，妳可以說明一下狀況嗎？」

艾蕾羅拉小姐看著周圍的狀況這麼問道。

門被打飛，牆壁的一部分塌了下來，有兩個人頭破血流，還有一個口吐白沫倒在地上的蟾蜍男，傭人都在發抖。這麼一看的確是很糟糕的狀況，怎麼看都像是野生的熊曾經跑來大鬧一場。

我說自己是因為米莎遭到綁架，才會來這裡救出她的。

可是我一點也不後悔，我還嫌發洩得不夠呢。

「綁架！」

聽到我說的話，艾蕾羅拉小姐非常驚訝，她望向米莎。

「我們正在賞花的時候被陌生人襲擊，不過優奈姊姊大人馬上就來救我了。」

我把發生在葛蘭先生家的事情說了一遍。當然了，我也有提到菲娜和諾雅的事。

「她們沒事吧！」

「她們只是昏過去了，沒事的。」

聽到我這麼說，艾蕾羅拉小姐鬆了一口氣。然後，她瞪了一眼倒在地上的蟾蜍男。

聽到自己寶貝的女兒被攻擊，她當然會生氣了。

「所以生氣的優奈才會來大鬧一場呀。」

的確沒錯……但這都要怪綁架米莎的男人不好。

艾蕾羅拉小姐稍微思考了一下，對這棟宅邸裡的警衛和傭人開口說道：

「我是艾蕾羅拉．佛許羅賽。奉國王陛下之名，我將逮捕賈裘德．沙爾巴德。我也要請你們接受訊問。我建議你們誠實回答，若是說謊，將會罪加一等。」

警衛和傭人們面面相覷。

「說實話就可以減刑嗎？」

「只要你們沒有做出不人道的行為，我向你們保證會從輕量刑。」

艾蕾羅拉小姐這麼說的瞬間，半數的警衛低下頭，剩下的半數則是鬆了一口氣。傭人們的反應各不相同。

「如果你們願意順從我們的指示，請交出公會卡和市民卡。」

艾蕾羅拉小姐對在場的所有人下達命令。

的確，沒有了卡片就無法離開城市，等於是暫時被剝奪了身分。

如果是遺失了等等，當然可以申請補發，但並不會補發給犯罪者。如果在這個時候逃走，就再也無法進入城市了。

警衛和傭人們乖乖交出了自己的身分證，藍傑爾先生等人回收了那些卡片。在這個時候反抗也沒有好處。

「藍傑爾、伏爾茲，你們先拘捕三個主謀。接下來要訊問這棟宅邸裡的所有人。只不過，請不要對他們做出粗暴的舉動。」

「明白了。」

兩人奔向臉部變形的黑衣男和蟾蜍男以及笨蛋兒子。

「米歇爾去法蓮格侖家叫克里夫和葛蘭大人來。當然了，也不要忘記帶警衛來。」

「我知道了。」

名叫米歇爾的男人走出宅邸。

「好了，接下來要怎麼辦呢？」

艾蕾羅拉小姐看向周圍。藍傑爾先生正在綑綁蟾蜍男、笨蛋兒子和黑衣男。其他人也乖乖聽從指示，安靜地集合在同一個地方。

「藍傑爾，他們三個人有醒來的跡象嗎？」

「還沒有。他們完全昏過去了，而且有兩個人處於危險的狀態。」

因為我揍得很用力啊。差一點就變成殺人犯了。好吧，要是他們死了，我之後也會不太舒

服，反正揍過人已經讓我消了一半的氣了。

「我有很多事情要問他們三個人，要是他們死了就傷腦筋了，先幫他們急救吧。」

艾蕾羅拉小姐下達指示，然後將視線轉向抱著我的米莎。

「米莎娜，我有事情想要問妳，可以嗎？」

「好的。」

「除了妳之外，妳有沒有遇到其他的小孩子？只是聽到小孩子的聲音也好。」

對於艾蕾羅拉小姐的問題，米莎搖了搖頭。

「我的眼睛被蒙住了，也沒有聽到聲音。」

「這樣呀。果然只能問賈裘德本人了。」

「發生什麼事了嗎？」

「好像連商人的孩子們也被綁架了。我今天去了一趟商業公會，聽說有商人的小孩被賈裘德綁架，正在思考該怎麼辦的時候，一走出公會就看到了優奈。」

「這麼說來，小孩就在這棟宅邸的某個地方？」

「有這個可能。」

好險，我差點就在一氣之下毀了這棟宅邸。要是艾蕾羅拉小姐沒有來，我一定已經把房子打壞了。那樣一來，被綁架的孩子或許就會死。我可不想事後聽說有人從崩塌的瓦礫堆中找出小孩子的屍體。

「所以我想從賈裘德口中問出人質的事，但也只能等他醒來了。」

口吐白沫的蟾蜍男依然沒有醒來，完全不是能夠問話的狀態。不過既然他是蟾蜍，潑點水應該會醒來吧？

反正就算他不醒，我也有探測技能，還有熊緩和熊急在，只要被綁架的小孩還在屋內就找得到。

艾蕾羅拉小姐靠近失去意識的蟾蜍男，對他伸出手。從艾蕾羅拉小姐的手迅速噴出水，直接擊中蟾蜍男的臉。艾蕾羅拉小姐果然會使用魔法。既然女兒希雅會用，艾蕾羅拉小姐會用魔法也不奇怪。

「怎、怎麼回事？」

蟾蜍男睜開眼睛。蟾蜍果然一碰到水就會恢復活力呢。

「為什麼我會被綁起來？」

發現自己被綁住，蟾蜍男開始掙扎。

「好久不見了，賈裘德。」

「艾蕾羅拉？妳為什麼會在這裡？」

「國王陛下吩咐我來視察錫林城，因為最近這座城市有些負面的傳聞。可是，我真沒想到你會綁架領主的孫女。」

「我不知情，都是我兒子自作主張。這跟我沒關係，要抓我兒子就隨便妳，我要跟他斷絕父

子關係。」

蟾蜍男看著躺在旁邊的兒子，主張自己是無辜的。

「孩子的責任就是父母的責任。綁架了貴族的女兒，還攻擊我的女兒，你真的以為這種藉口行得通嗎？」

艾蕾羅拉小姐的話裡帶著怒氣。

「隨便妳怎麼說，反正跟我無關！快點把繩子解開！我可是貴族啊！」

吵死了。或許應該再揍一拳，讓他閉上嘴巴。可是，比我更想揍他的艾蕾羅拉小姐都忍住了，我也得忍耐。忍耐，要忍耐。

「你自稱是貴族真的很丟臉，可以不要再說了嗎？要是優奈以為我和你是同類，會讓我羞愧得活不下去呢。而且就算米莎娜的事情是你兒子幹的，你還是綁架了商人的孩子吧？」

「妳在說什麼？我不知道。」

「是嗎？如果你還想裝傻，我會自己在屋裡調查。」

「開什麼玩笑！誰會允許妳那麼做！妳有什麼權限可以……」

「我有權限，因為你已經綁架了法蓮格俞家的孫女。而且在這種情況下，你以為自己可以拒絕嗎？」

聽到艾蕾羅拉小姐這麼說，蟾蜍男不甘心地咬牙切齒。可是，他又馬上露出了不屑的笑容。

「就算找到小孩，我也只是代為照顧他們而已。我還有契約書呢，所以不算是綁架。」

真是離譜的藉口。

「那是你把小孩擄走之後逼父母簽下的東西吧？」

「沒有證據能證明那種事，我這裡只有正當地接過來照顧的小孩。」

被綁住的蟾蜍男笑了。我不知道那是什麼樣的契約書，但蟾蜍男似乎很有自信。艾蕾羅拉小姐的表情沉了下來，看來他的說法是可以成立的。我在原本的世界也曾聽說有人被黑心業者詐騙，簽了名之後被逼著付錢的事件。契約書的效力是很強的。

「是嗎？那好吧。我會徹底調查這棟宅邸的。當然了，你的房間也一樣。不知道除了孩子之外還能找到什麼呢，我很期待。」

艾蕾羅拉小姐露出奸詐的表情。

「開什麼玩笑！我不准妳調查！」

「我沒有必要獲得你的許可，我已經取得國王陛下的許可了。」

「妳說國王陛下……」

艾蕾羅拉小姐從道具袋中取出一張紙，拿給蟾蜍男看。

「如你所見，如果你犯了罪，將由我全權負責調查。雖然我沒想到會動用到這份調查權。」

看到艾蕾羅拉小姐拿出的紙，蟾蜍男臉色大變。

「那是我兒子自己……」

「都一樣。你兒子綁架了米莎娜．法蓮格侖的事實不會改變。這件事你也承認了，所以，我會仔細調查這棟宅邸的每個角落。只要你沒有做出不能被國王陛下知道的事情，那就什麼問題也沒有。」

艾蕾羅拉小姐，盛怒。

「開什麼玩笑！誰來幫幫我啊！要錢我有！殺了這個女人！」

所有傭人都不理會蟾蜍男，避開他的視線。

在這種狀況下，沒有人願意聽從蟾蜍男的命令。

211 熊熊救出孩子們

就算向蟾蜍男詢問孩子在哪裡，他也不願意開口。

雖然艾蕾羅拉小姐很生氣，但有很多方法能找到他們。

我有探測技能，也能借助熊緩和熊急的力量。我正要自告奮勇的時候，一個大約二十歲左右的短髮女僕輕輕舉起了手。

「我知道孩子們在哪裡。」

「露法！」

蟾蜍男瞪著女僕。

可是艾蕾羅拉小姐潑水讓蟾蜍男安靜下來，對名叫露法的女性說道：

「妳知道孩子們在哪裡嗎？」

「是的，孩子們的餐點是我負責準備的。」

「露法，妳知道背叛我會有什麼下場嗎！」

「請您不要再犯下更多罪過了，我也會一起贖罪的。」

「開什麼玩笑！妳知道妳那失蹤的爸爸留下的債務是誰還清的嗎？」

「是賈裘德大人。」

「既然這樣！」

蟾蜍男要大叫的瞬間，艾蕾羅拉小姐再次潑水，讓蟾蜍男閉嘴。

「藍傑爾，把他的嘴巴堵住吧。他太吵了，嘴巴又臭得不得了。」

「艾蕾羅……！」

藍傑爾先生依照指示，用布把蟾蜍男的嘴巴堵住。

「好了，妳是叫露法吧？妳不必在意賈裘德，可以帶我們去找孩子們嗎？」

「好的。」

艾蕾羅拉小姐環顧周圍，然後看著藍傑爾先生。

「藍傑爾，你去向傭人問出不在這裡的傭人人數和名字。然後等克里夫他們來了，就把這裡交給他處理，你們去探索屋內，尋找剩下的傭人。」

艾蕾羅拉小姐下完指示後，轉頭看著我。

「優奈，可以麻煩妳陪我去嗎？」

我沒什麼理由說不，於是點點頭。

「另外，如果妳可以讓熊緩或熊急其中一隻留下來監視的話，那就太好了。」

「那麼，熊緩，拜託你監視了。」

熊緩「咿～」地回應。

「米莎娜呢？」

「我要跟優奈姊姊大人一起去。」

米莎抱住我。

「……妳不可以離開優奈身邊喔。」

艾蕾羅拉小姐把米莎推給我照顧。我是無所謂啦。我把米莎抱起來，放到熊急的背上。

「待在這裡就安全了，妳不可以下來喔。」

米莎緊緊抓住熊急。

「好乖巧的熊呢。」

露法小姐看到載著米莎的熊急，露出驚訝的表情。可是我覺得她看起來似乎有點害怕。

「只要不傷害牠，牠就不會攻擊人。」

「我不會做出那麼可怕的事的。」

她其實不用這麼害怕的。

露法小姐開始往前走，艾蕾羅拉小姐、我、騎著熊急的米莎跟在她後面。

克里夫和葛蘭先生的宅邸很大，不過這棟宅邸也很大呢。我總是忍不住心想，他們真的需要這麼多房間嗎？

「綁架小孩不算是犯罪嗎？」

「因為這次好像有契約書呢。」

「這麼說來，他會被無罪釋放嗎？」

「嗯～很難說呢。在我看來當然是犯罪，可是如果有具有法律效力的契約書，有可能就不算犯罪。實際上要借一大筆錢的時候，也有商人會交出自己的小孩，以證明自己不會捲款潛逃。」

也就是說，有人會交出小孩來代替值錢的東西？那不就是人質嗎？

雖然我覺得很殘酷，但在我原本的世界，這也是很常發生的事情。

「可是，其中也有孩子是因為父母反抗賈裘德才被綁架的，我想應該不會是完全無罪。話說回來，竟然牽扯到優奈，賈裘德的運氣也真差。」

什麼？牽扯到我是運氣很差的事？說得好像是因為我的出現，蟾蜍貴族才會完蛋似的。

「看妳的表情好像沒有自覺呢。如果不是妳到王都帶賽雷夫來，葛蘭老爺的派對早就失敗了。那樣一來，米莎應該也不會被綁架，而妳也不會闖進沙爾巴德家。如果妳沒有闖進來，事情也不會演變成這種狀況。況且如果妳沒有來王都，我也不會出現在這裡，這一切全都跟妳有關喔。」

這麼說來，的確全都跟我有關。

「可是這樣的話，應該要感謝米莎寄生日派對的邀請函給我吧。」

按照艾蕾羅拉小姐的說法，米莎是因為我的行動才被綁架。可是就算我不在，如果派對成功了，米莎還是很有可能被綁架。

反過來說，如果派對失敗了，米莎或許就沒辦法繼續當貴族。

道。

所以，我很慶幸自己有來到這裡。這麼一想就會發現，緣分真的很重要。

「露法小姐，妳為什麼會在這裡工作？」

露法小姐看起來是個非常認真的人，可是她卻在蟾蜍男的身邊工作，讓我忍不住好奇地問道。

「為了還清我父親留下的債務，我才會在這裡工作。」

「債務？」

「我的父親以前是個商人，做生意的他曾經需要一筆很大的錢，所以他向賈袞德大人借錢，可是卻經商失敗，欠下了高額的債務。因此，賈袞德大人為了防止我父親逃跑，沒收了我的市民卡。我是人質。我父親雖然拚命工作，他欠下的金額卻是他怎麼都還不起的數字。某一天，我父親前往其他城市採購，就沒有再回到這座城市了。所以我為了代替父親還債，才會在這裡工作。」

我剛才聽到了不能假裝沒聽到的事。

「艾蕾羅拉小姐，她說她的市民卡被沒收耶。」

「優奈妳應該也知道，出入城市的時候會需要用到市民卡或公會卡。既然被沒收，就沒辦法離開城市了。」

「可是，應該可以補發吧？」

「一般來說可以。可是，如果身為貴族的賈袞德施壓，阻止卡片補發，她就無法逃出城市了。賈袞德就是握有那麼大的權力。」

「那也沒辦法。因為我父親沒有還清債務就逃走了，賈袞德大人會防止我逃走也是很正常的。」

「可是……」

「只是我父親沒有商業頭腦而已。」

露法小姐乾脆地答道，周圍便安靜下來。我只聽得到艾蕾羅拉小姐和露法小姐走路的腳步聲。

因為我穿著熊熊鞋子，所以沒有腳步聲。熊急的腳步聲？我聽不見呢，熊急的腳是什麼構造啊？

露法小姐從看似宅邸後門的地方走到外面，帶著我們來到一個類似倉庫的小屋。

「這裡有通往地下室的階梯，孩子們就在裡面。」

露法小姐打開門鎖，小屋裡面有一道通往下方的階梯。

階梯的寬度足以讓熊急通過，所以米莎也一起跟了過來。

「地牢？」

「是的，我也曾經被關在這裡。」

走下階梯來到走道，就會看到左右兩邊都有門。

房間大概有六個。露法小姐停在其中一扇門前。

「就是這裡。」

露法小姐打開門鎖。我從門縫往內看，發現有兩個大約六歲的男孩和一個大約十歲的女孩。

「露法小姐？」

最年長的女孩這麼問。

「大家，有人來接你們了，可以出來了喔。」

「我們可以出去嗎？」

「是的。」

「不會挨打嗎？」

「不會的，別擔心。」

聽到孩子們說的話，艾蕾羅拉小姐和我有了反應。

「我是艾蕾羅拉，是你們的爸爸拜託我來接你們的。」

艾蕾羅拉小姐溫柔地向孩子們說明。

可是孩子們的目光似乎不是看著艾蕾羅拉小姐，而是看著站在她身後的我。

「熊熊？」

孩子們朝我靠過來。他們就這麼走出房間，遇到了熊急。

「……嗚！」

孩子們嚇得一屁股跌坐在地。女孩站到前方，試圖保護比較小的男孩。

可是他們馬上就注意到騎著熊急的米莎了。

「熊的背上有個女生……」

「不要怕，熊急很善良的。」

米莎抱住熊急，安撫孩子們。

「小朋友，這隻熊沒有危險的，別擔心。」

米莎的舉動和露法小姐說的話讓三個孩子露出些許安心的表情。

「那麼，大家一起坐到熊熊背上，離開這裡吧。」

我這麼說，把孩子們抱到熊急背上。可是就算是小孩子，還是無法一次載四個，所以我請米莎和女孩用走的，讓兩個男孩騎在熊急身上。一開始很害怕的孩子們因為米莎的言行而放下戒心，騎到熊急背上。坐上去後，他們看起來很開心。回程時，熊急走在最前方。

我聽到露法小姐在後面對艾蕾羅拉小姐竊竊私語：

「請等一下再確認其他的房間，我想鑰匙應該在賈袞德大人的房間裡，請找找看。只不過，請絕對不要帶孩子們去那裡。」

我雖然好奇，但我知道大概不會有什麼好事，於是決定充耳不聞。

212 熊熊帶米莎回家

「等一下會需要馬車，快去準備！」

我們帶著孩子們回到一樓的大廳時，克里夫正在對周圍下達指示。

「妳們終於回來了啊。」

一看到我們，克里夫就走了過來。克里夫的臉上帶著一點疲憊。我從熊急背上把孩子們放下來，拜託米莎照顧他們。

「克里夫，你來了啊。」

「是啊，剛到不久。」

克里夫回應艾蕾羅拉小姐，他先看了一眼米莎，然後望向我。

「優奈，謝謝妳救了米莎娜。這樣一來葛蘭老爺也可以放心了。」

「諾雅她沒事吧？」

菲娜已經清醒了，但我奪門而出的時候，諾雅還沒有醒來。

「她沒事，後來她很快就醒來了。」

幸好諾雅也平安醒來了。這樣一來，擔心的事又少了一件。

「話說回來，葛蘭先生不在嗎？」

我環顧四周，但沒有看到葛蘭先生的身影。孫女被綁架，我還以為他會第一個趕來。他該不會是為了找米莎，正在宅邸裡到處搜索吧？

可是，克里夫的回答卻不是那樣。

「因為妳的關係，葛蘭老爺被居民纏住了。」

「因為我的關係？」

葛蘭先生不在是因為我的關係？真是莫名其妙。

「優奈，妳騎著熊在城市裡跑對吧？居民被嚇到，引發了各種騷動。這時候身為領主的葛蘭老爺出現了，居民開始把他團團包圍，說有熊出沒。大家都吵著要他委託士兵或冒險者去擊退熊，葛蘭老爺為了安撫激動的居民，才會留下來。」

「看到面目猙獰的優奈騎著熊，的確會嚇到大家呢。」

艾蕾羅拉小姐表示理解。我在街上引起了那麼大的騷動嗎？

我該不會已經不能上街了吧？我陷入危機了嗎？

我正感到沮喪的時候，熊緩和熊急靠過來安慰我。不對，熊緩和熊急好像是在向我道歉。

「這不是你們兩個的錯喔。」

我溫柔地撫摸牠們的頭。

「沒錯，熊緩和熊急一點也不可怕。」

米莎抱住熊急。

「總之因為這樣，葛蘭老爺暫時沒辦法過來了。」

可是這不是我們的錯吧，這都要怪綁架米莎的蟾蜍貴族吧？要不是因為他們綁架米莎，我也不會氣得帶著熊緩和熊急在街上跑了。

所以我沒有錯。

不過，我可能暫時沒辦法在錫林城裡走動了。

「對了，克里夫，你知道多少了？」

「我在途中遇到米歇爾，他有告訴我一些，也從待在這裡的藍傑爾口中得知了一部分。我聽說優奈在這裡大鬧一場，也已經平安救出米莎娜。妳跟優奈一起去找小孩的事也有聽說。」

「總而言之，我們已經先確保了孩子們的安全。接下來要聯絡商業公會，跟孩子們的家人取得聯絡，可是我現在實在不想見到公會會長。」

我記得他們說過蟾蜍男和商業公會的會長有掛勾。

「既然如此，就帶他們去葛蘭老爺的宅邸吧。既然是和葛蘭老爺交好的商人，法蓮格侖一家應該會知道他們的聯絡方式吧。」

「的確如此，那就先帶他們去找葛蘭老爺吧。」

「我已經派人去準備馬車了，等一下吧。」

「你真機靈。」

「總而言之，需要做的事情都已經做了。不只是監視，馬車和周圍的確認也都在進行了。藍傑爾說要去尋找傭人，所以我也派了幾個人去搜索。」

喔喔，不愧是領主大人，辦事真有效率。

「不過，我還有很多事情想跟葛蘭老爺確認呢，真沒想到他會因為熊的騷動而無法過來。」

艾蕾羅拉小姐瞄了我一眼。

我就說了，不是我的錯啦。

當時情況緊急，而且全都要怪綁架米莎的蟾蜍貴族不好。

「我跟葛蘭老爺借了一些警衛，先從能做的事情開始做起吧。」

「也對。把傭人全部集中起來之後，一個一個進行訊問，接下來要確認各個房間。有很多事情要做呢。」

「既然如此，我會負責訊問。」

「謝謝你。那麼，我就去調查房間吧。」

聽到艾蕾羅拉小姐的發言，蟾蜍男面紅耳赤地嗚嗚叫了起來。看來房間裡應該有他非常不想被別人看到的東西。艾蕾羅拉小姐對蟾蜍男視而不見，對我說道：

「優奈，等馬車來了，請妳帶孩子們到葛蘭老爺的宅邸去。米莎娜應該也想快點見到家人，讓她安心安心吧。」

我待在這裡也幫不上忙，於是答應下來。

後來，馬車很快就到了。我和孩子們一起搭上返回葛蘭先生家的馬車。

克里夫說：「看到妳，居民可能會引起騷動，所以妳把熊收回來，一起搭馬車回去。」

根據克里夫說過的話，的確很有可能會引發騷動。

我們搭著馬車回到葛蘭先生的宅邸時，米莎的母親哭著出來迎接我們。看到母親哭了，米莎也一起哭了出來。

一旁的父親李奧納多也很高興地望著母女倆。然後，他向我走過來。

「優奈小姐，真的非常感謝妳救了我女兒。」

「幸好有趕上。」

「我對妳真是感激不盡。第一次見到妳的打扮時，我很驚訝，但我父親說如果是妳，一定沒有問題。」

「真的很謝謝妳救出我的女兒。」

被米莎抱著的母親也向我道謝。我把艾蕾羅拉小姐和克里夫交代我的事情轉達給李奧納多先生。

「可以請你聯絡那些孩子的家人嗎？」

「那些孩子是？」

「他們是跟米莎一樣被綁架的商人小孩。我聽說葛蘭先生應該認識他們的父母。」

「知道了，我馬上確認。」

李奧納多先生靠近孩子們，詢問了他們的名字。我已經順利把米莎送到父母身邊，於是走向菲娜她們所在的房間。她們兩個人有可能在睡覺，所以我安靜地把門打開。我聽到諾雅的聲音從房間裡傳出。

「我已經沒事了啦。」

「不可以，請好好躺著休息，不然我會被克里夫大人罵的。」

「可是，優奈小姐已經回來了吧？」

「好像是的，但克里夫大人交代要我讓諾雅兒大人與菲娜大人好好靜養。請您和菲娜大人一樣靜靜地躺著休息。」

房裡的諾雅和梅森小姐正在床邊爭論著。

「諾雅，妳好像很有精神呢。」

「優奈小姐！」

「優奈姊姊！」

兩人從床上跳起來，跑到我的面前。

「諾雅兒大人！菲娜大人！」

梅森小姐在諾雅她們後面大喊。

「妳們兩個不躺著沒關係嗎？」

「我沒事。」

「是的，我也沒事。」

幸好她們兩個都很有精神。

「優奈小姐，米莎呢？」

「我已經救出她了，她毫髮無傷。」

雖然我沒確認過，但她大概沒有受傷。

「所以妳們可以安心了。」

她們好像相當擔心米莎，臉上浮現放心的表情。我們正在說話時，米莎來到房間，讓她們倆看看自己平安的樣子。

「諾雅姊姊大人、菲娜，抱歉讓妳們擔心了。還有，謝謝妳們當時試著救我。」

「身為姊姊的我幫助妹妹是理所當然的。」

「米莎大人是我的朋友。」

「謝謝妳們。」

米莎滿臉笑容，抱住諾雅和菲娜。

米莎和她們聊了幾分鐘便離開了房間。她今天似乎要跟擔心自己的母親在一起。

到了晚餐時間，賽雷夫先生做了美味的料理招待大家。可是就算到了晚餐時間，克里夫和艾蕾羅拉小姐以及葛蘭先生也都還沒有回來。

隔天早上，我到飯廳吃早餐時有遇見葛蘭先生，卻沒有看到克里夫和艾蕾羅拉小姐的身影。

我一見到葛蘭先生，他就馬上為昨天的事情向我道謝。

「她沒事真是太好了。」

我真的很慶幸米莎沒事，這樣就夠了。

「葛蘭老爺，父親大人和母親大人呢？」

諾雅問到關於父母的事。我們來到飯廳之前有到隔壁克里夫的房間敲門，但是沒有人回應。

我們以為他在飯廳，卻沒有看到他。

「他還在工作呢。」

夫妻倆昨天好像沒有回來。

葛蘭先生因為是老人家才被請了回來，他對此似乎頗有微詞。

「不過是熬夜一兩天，我也辦得到。」

雖然他這麼說，米莎的雙親卻極力制止他。

「而且我之所以會回來，是為了向優奈道謝，還得拜託妳一件事。」

「我嗎？」

「優奈，很抱歉，可以請妳暫時不要穿著那套熊服裝上街嗎？」

葛蘭先生這麼說道。

213 熊熊思考讓人不怕熊的方法

「有人被妳的熊嚇了一跳。」

我聽克里夫說過，我去救米莎時的模樣被街上的人看見，讓他們對熊緩和熊急或多或少產生了恐懼。騎著牠們的我也被看見了，所以葛蘭先生似乎希望我可以安分一點。他已經向民眾說明過牠們沒有危險，但還是想避免混亂。

「既然這樣，要回克里莫尼亞之前，我會窩在房間裡的。」

請不要小看前家裡蹲。

就算沒有電視或電腦、遊戲、漫畫、小說等娛樂，我也可以在房間裡窩好幾天。用睡覺打發時間就可以了吧。

「嗚嗚，都是我害的，對不起。熊緩和熊急也只是要來救我而已，明明不可怕的。」

我正在悠閒地思考計畫的時候，米莎自責地道歉。

「米莎是受害者，一點錯也沒有。有錯的是綁架米莎的沙爾巴德家。」

這一切都要怪綁架米莎的蟾蜍男和他的笨蛋兒子。

「可是……」

「只要我暫時不出門就沒事了。」

「那樣的話，大家都會一直害怕優奈姊姊大人和熊緩跟熊急的。」

「只要我今後不靠近這座城市就好了。」

「我不要那樣！」

聽到我說的話，米莎大叫。

「我希望優奈姊姊大人可以再來這座城市，也希望居民不要害怕熊緩和熊急，讓牠們可以走在街上。」

米莎差點就要哭出來了。

「熊緩和熊急一點也不可怕，牠們是很善良的熊熊。」

「米莎……」

我並不怕被討厭，別人想說什麼就讓他們去說，有人來找麻煩時我才會處理。所以，我認為如果居民害怕熊緩和熊急，不要靠近這座城市就好了。可是考量到米莎的感受，我才發覺這麼做是不行的。如果就這麼離開城市，米莎就會覺得是自己害得熊緩和熊急被居民害怕，所以我們不再靠近城市，她的心中會留下陰影。就算沒有發生這些，米莎的心裡也留有被綁架的恐懼。雖然我很想幫米莎做點什麼，但這次真的很困難。

「爺爺大人，您已經對城裡的居民說明過了吧？」

「當然了，我已經說過優奈的熊是安全的。也說過她是我的熟人，不需要擔心，而且熊也不

熊熊勇闖異世界

會攻擊人。可是，我的話也不是每次都有用。」

「就算是爺爺大人說的話也不行嗎？」

「如果妳的眼前出現一隻狂暴的龍，就算國王陛下說靠近龍是安全的，妳也無法相信吧？這是一樣的道理。」

也對，的確很難輕易就相信。

就算總統或首相說沒問題，可怕的東西還是很可怕。

可是，為什麼要拿龍來舉例？

「熊緩和熊急並不可怕……」

米莎否定葛蘭先生說的話。

「只要讓大家知道熊緩和熊急並不可怕就好了吧？既然這樣，只要跟米莎做同樣的事情，不就可以了嗎？」

諾雅似乎想到了什麼點子。

「我做的事情？」

「嗯。為了向獲救的孩子們證明熊急不可怕，米莎不是有抱住熊急嗎？」

「是的。因為他們很害怕熊急，所以我有抱抱或摸摸熊急，證明牠不可怕。」

「所以，我想只要我們騎著熊緩和熊急到街上走，大家就會知道牠們不可怕了。」

「簡單來說，諾雅妳們要騎著熊緩和熊急到街上走？」

「是的，沒錯。看到像我們這樣的女孩子騎著熊緩和熊急，街上的居民應該就不會再害怕了。」

「會不會有冒險者來狩獵？」

「有我們騎著就沒問題了。」

「我會保護熊緩和熊急的。」

「我也會。」

三個小不點努力地想幫助熊緩和熊急。

看到小孩子高興地騎在熊的背上，的確不會有人發動攻擊。

「我知道了。既然這樣，那就試試看吧。」

我接受大家的一番好意，決定採用諾雅的提議。如果這麼做就能拯救米莎的心，根本是小事一樁。

「既然如此，我也一起去吧。」

「爺爺大人也要去嗎？」

「有我在比較能增加說服力吧？」

「可是，爺爺大人有時間嗎？您不是很忙嗎？」

「我的確很忙，但小姑娘是救了米莎的恩人，就這麼讓她離開城市，我也過意不去。只不過，我還有許多工作要做，明天再去可以嗎？」

「好的！爺爺大人，謝謝您。」

米莎非常高興。

後來我們回到房間，三個小不點開起小型會議，討論要怎麼跟熊緩和熊急一起散步。

「那麼，我們來思考還有沒有其他方法可以讓居民不害怕熊緩和熊急吧。」

諾雅就像班長一樣，開始主持會議。米莎和菲娜坐在諾雅面前，聽著她說話。

「光是在街上散步不行嗎？」

「光是這樣，我覺得有點不太夠。」

光散步是不夠的，是嗎？

「菲娜有沒有什麼好點子？跟我比起來，妳和熊緩跟熊急相處的時間比較久吧？」

諾雅對靜靜聆聽的菲娜這麼問道。她們三個人之中，菲娜的確是和熊緩與熊急相處最久的。

菲娜稍微思考了一下，提出點子。

「跟熊緩和熊急一起玩怎麼樣？如果我們跟熊緩和熊急一起玩，也許可以讓大家知道牠們不危險。」

「就、就是這個！還可以跟熊緩和熊急一起玩，真是一石二鳥。」

諾雅大聲贊同菲娜的提議。

看到熊熊和小孩子一起玩，的確可以增加安心感。會增加嗎？如果是原本的世界，看到有小孩子跟熊在一起，別人可能會很緊張地大叫「快點遠離牠！」吧？

「可是，要玩些什麼呢？」

「像平常一樣坐到牠們背上？」

「那樣感覺還少了些什麼。優奈小姐，熊緩和熊急會做什麼事？」

我默默地聽著她們三個人的對話，話題就被拋到我這裡來了。

「會做什麼？普通的事情應該都會吧。可是，牠們能變小的事情是祕密喔。」

「嗯~那要怎麼辦？」

「普通地跟牠們說話，應該還不錯吧？」

「只是跟牠們說話嗎？」

聽到菲娜說的話，諾雅歪起頭來。

「是的，普通的熊聽不懂人話，可是熊緩和熊急聽得懂。」

「對喔！因為熊緩和熊急一直都聽得懂，所以我都忘了。」

不，這件事不能忘吧。就算對野生的熊說話，牠們也聽不懂的……大概吧。

我的腦海中浮現出住在蜂木那裡的熊家庭。

那只是因為熊緩和熊急幫忙翻譯，牠們才能夠理解。

「優奈小姐，我想跟熊緩和熊急說說話。可以請妳召喚牠們嗎？」

光是可以跟熊說話，就已經是很驚人的事了吧。

我在諾雅面前召喚出小熊化的熊緩和熊急，諾雅她們就開始跟熊緩與熊急討論了起來。

「那麼，熊緩可以……」

「熊急可以……」

「你們做得到這種事嗎？」

「咿～」

「那麼這樣子呢？」

「咿～」

小女孩和熊對話，真是奇特的景象。

從旁人的眼裡看來，我跟熊說話的時候看起來也是這個樣子嗎？

可是，看到熊緩和熊急跟菲娜她們開心地對話，感覺很溫馨。

諾雅說得沒錯，看到熊和小女孩玩在一起，也許真的能消除恐懼。

話說回來，米莎能找回笑容真是太好了。我救出她的時候，她哭了。獲救之後，她也是一臉不安的樣子。而且，她認為是自己害得熊緩和熊急被居民害怕，覺得很悲傷。可是她現在很努力為熊緩和熊急思考著對策，看起來很開心。

我想著想著，諾雅轉過頭來看我。

「優奈小姐也提出一些點子嘛，這都是為了讓大家知道熊緩和熊急是很安全的。」

「是呀，優奈姊姊大人也一起來想吧。」

「優奈姊姊也一起。」

「咿～」

「咿～」

三個人加兩隻熊這麼邀請，於是我也加入大家的行列。

會議結束後，克里夫和艾蕾羅拉小姐也回來了，於是我們一起吃午餐。

「怎麼，妳要和諾雅一起玩嗎？」

聽完諾雅說的話，克里夫笑了出來。

「不是跟我玩啦，是跟熊緩和熊急玩。」

「反正都是熊，都一樣吧。」

哪裡一樣了？完全不一樣吧。

連艾蕾羅拉小姐也笑著說「對呀」。

看來這對夫妻的視力不太好。

「不過，讓居民看妳們和熊緩牠們一起玩的點子，真虧妳們想得到呢。」

「這是菲娜出的點子。可是，要玩些什麼是大家一起想的喔。」

「哎呀，那我一定要去看看。」

「真的嗎！」

諾雅很高興媽媽要來，可是我不太贊成。

夫妻倆現在很忙碌吧。他們有很多事情要做，應該沒有空來吧。才剛發生那種事件呢。

「你們不是很忙嗎？」

我帶著「不用來也沒關係啦」的言外之意這麼問道。

「稍微抽空去一趟也沒關係。」

「而且工作時也需要休息一下。」

艾蕾羅拉小姐微笑，克里夫則是擺出一臉愉快的表情。

而米莎的雙親聽聞這件事，也打算來參加。

情況漸漸演變成像是要來參加小孩子的才藝發表會了。明明還忙著處理那麼大的騷動，真的沒關係嗎？

我望向菲娜。只有菲娜的爸媽不在，太可憐了。

「呃，要找提露米娜小姐來嗎？」

「不用了，我會害羞的。」

菲娜用盡全力拒絕。

214 熊熊舉辦熊熊活動

隔天，我們要跟熊緩和熊急上街散步，舉辦一場小小的活動。

我們的計畫如下：

首先，騎著熊緩和熊急的我們四個人會從葛蘭先生家出發。光是這樣還是有可能讓居民不安，所以葛蘭先生也會同行，讓居民更安心。

克里夫和艾蕾羅拉小姐、米莎的雙親會之後再出發。

接下來，我們會經過城市的主要街道，前往廣場。菲娜等人會在廣場跟熊緩和熊急一起玩，使居民安心。

順帶一提，葛蘭先生好像已經在廣場借好了場地。

畢竟，要是到了廣場才發現沒有場地可以跟熊緩和熊急玩，計畫就會失敗了嘛。

我召喚出熊緩和熊急。我和菲娜騎著熊緩，諾雅和米莎騎著熊急。菲娜等人都穿著「熊熊的休憩小店」的熊熊制服。這是因為昨天討論的時候，諾雅說出了這些話：

「優奈小姐，妳有沒有帶『熊熊的休憩小店』的衣服？」

「店裡的衣服？怎麼這麼問？」

「要不要大家一起打扮成熊熊呢？如果優奈小姐跟我們在一起，我想視線大概都會集中到優奈小姐身上。那樣的話，我們一起去就沒有什麼意義了。所以只要我們也打扮成熊熊，優奈小姐就會比較不顯眼了。」

諾雅說得對。如果諾雅等小孩子不夠顯眼，那就沒有意義了。可是，如果我也在一起，視線就會集中到我身上。很可惜的是，我並沒有帶店裡的熊熊制服。

「抱歉，我沒有帶。」

「這樣呀。」

諾雅一臉遺憾。這時候，在一旁聽著的菲娜開口了。

「制服的話，我有帶來。」

「真的嗎！」

「可是，其他人的份……」

「每個人都有喔。」

菲娜從道具袋裡取出三件「熊熊的休憩小店」的熊熊制服。

「可是，為什麼妳會帶著三件？」

「平常包括備用的制服，我會帶著兩件。」

「還有另一件呢？」

「是修莉的備用制服。」

菲娜幫妹妹保管，結果就直接帶來了。

「尺寸呢？」

「尺寸沒問題，修莉和我都穿同樣的尺寸。雖然對修莉來說有點大，她還是繼續穿。」

畢竟修莉也還在發育期嘛。既然如此，應該不必擔心尺寸了。她們三個人的體型都差不多，只有米莎的個子稍微小一點。不過既然修莉都可以穿了，應該沒問題吧。

經過討論，三個人現在都穿著店裡的熊熊制服。

「好了，我們出發吧！」

在諾雅的一聲令下，我們開始前進。

打扮成熊的四個人騎著熊緩和熊急，在街上散步。打扮成熊的女孩子騎著熊在街上走，引來了眾人的目光，也聚集起不少人。

「大家都在看呢。」

跟我一起騎著熊緩的菲娜露出害羞的表情。

和她正好相反，騎著熊急的諾雅和米莎很熱情地揮著手，看起來非常開心。真不愧是貴族，和我跟菲娜這種普通人完全不同。

來到異世界後，我會穿著熊熊布偶裝在城市或王都的街上走路，卻到現在都還無法習慣他人的視線，我還是會覺得丟臉。

要是變得再也不介意是否丟臉，我總覺得那就是身為一個女孩子的末日。

所以，我並沒有捨棄少女的最後一道防線——羞恥心。

……真的沒有捨棄啦。

多虧諾雅她們開心的笑容，以及陪在一旁的葛蘭先生，熊緩和熊急即使走在街上也沒有引發大騷動。

慢慢走過街道，來到廣場後，我們從熊緩和熊急身上下來。

聚集而來的觀眾……應該說城裡的居民圍繞著我們，形成一圈人牆。葛蘭先生家的傭人在廣場待命，負責引導人群。居民全都乖乖遵守傭人們的指示。仔細一看，我發現引導人群的人之中還有身為冒險者的瑪麗娜等人。她跟我四目相對。

「我很期待喔。」

她只說了這麼一句話，就回到工作崗位上了。

現場拉起繩子，圍出一個臨時的觀眾席，防止觀眾進入裡面。

居民們的臉上帶著不安、恐懼、期待、高興等各式各樣的情緒。

克里夫和艾蕾羅拉小姐、米莎的雙親也在其中。

準備完成後，葛蘭先生走到民眾的面前。

「現在在城裡引起騷動的熊是受邀來參加我孫女的生日派對的客人，請大家放心。先前因為有急事，才會引發那樣的騷動，但這些熊並不會攻擊人。今天這些熊和幾個女孩會一起做各式各樣的事，希望大家可以看看。」

葛蘭先生行了一禮後退下，和我們交換位置。

首先從簡單的事情開始。打扮成熊的菲娜與熊緩走到前方。

看到菲娜的打扮，「好可愛」的聲音傳了過來。可能是聽到這些聲音的關係，菲娜有些害羞。不過，菲娜站到居民前輕輕行了一禮，轉身看向熊緩。

「熊緩，握手。」

菲娜伸出手，熊緩便把熊掌放到她的手上。光是如此，觀眾席就傳出驚訝的聲音。

「接下來轉一圈。」

熊緩原地轉了一圈，群眾驚訝的聲音就變得更大，還有掌聲響起。

這樣是不是就已經夠了呢？

觀眾席的吵鬧聲聽起來是愉快的，我聽了後這麼想。

接著登場的是米莎和熊急，米莎手上拿著一個和足球差不多大的球。

米莎站在熊急的面前，朝熊急輕輕丟出球。球沿著拋物線飛向熊急，熊急接住了球。

在那個瞬間，現場響起掌聲。

可是還不只如此。

這次熊急用雙手把球拋回給米莎，接到球的米莎再次把球丟給熊急。雖然只是反覆拋接球，但居民再度鼓掌。最後米莎把球丟高，熊急則用頭把球頂給米莎，結束這段表演。

居民的臉上已經沒有恐懼，看起來純粹地樂在其中。

坐在最前面的孩子們笑著拍手，非常高興。

接著登場的是騎著熊緩的諾雅和騎著熊急的米莎。我用土魔法做出簡單的障礙物。騎著熊緩的諾雅越過坡道，跳過高台。順帶一提，因為我們沒有準備網子，所以沒有鑽過網子的項目。

感覺有點像是當街頭藝人呢。

每次熊緩越過障礙物，觀眾就會鼓掌。艾蕾羅拉小姐也在人群中鼓掌，她身旁的克里夫看起來很開心。米莎的雙親也很高興地看著表演。

他們就像是高興地看著自己的小孩在才藝發表會上表演的家長。

然後，三人準備了蘋果。接著，她們稍微遠離熊緩和熊急，對著熊緩和熊急丟蘋果。熊緩和熊急用嘴巴接住蘋果，吃了下去。

有一次，米莎不小心把蘋果丟得太高，熊急就跳起來，用嘴巴接住。這華麗的演出贏得了一陣喝采。

環顧四周，已經沒有任何一個人會害怕熊緩和熊急了。

雖然我們覺得到目前為止就已經能讓民眾充分了解熊緩和熊急很安全，還是執行了保險起見的作戰計畫。

「有沒有人想要騎看看牠們呢？」

米莎假裝對觀眾席喊話，其實是在看著坐在前排的小孩子。

然後，她對兩個小男孩和一個小女孩說道：

「要不要騎看看？」

兩個男孩和一個女孩面面相覷，然後輕輕點頭。

周圍的人們露出有點不放心的表情，但男孩們和女孩依然毫不畏懼地走向熊緩和熊急。接著，三個人摸了摸熊緩和熊急，各自騎到牠們背上。

一開始不放心的觀眾也開始鼓掌了。

順帶一提，小男孩和小女孩的真實身分是上次我們從蟾蜍男家救出的孩子們。我們昨天拜託他們過來，也就是所謂的安排暗樁。

多虧暗樁的表現，接下來指名孩子的過程變得很順利，他們都願意靠近熊緩和熊急。

接下來就變成一場與熊緩和熊急互動的活動了。

過了一陣子，我們宣告活動結束後，不只是正在跟熊緩和熊急玩耍的孩子們，就連觀眾席也傳出依依不捨的聲音。我沒有想到反應會這麼熱烈，但諾雅卻預知到了。「舉辦了這種活動，一定會出現離不開熊熊的孩子，我保證！」她曾經這麼斷言。

的確如諾雅所說，出現了離不開熊緩和熊急的孩子。

為了解決這個問題，我會先把布丁發給跟熊緩和熊急一起玩的孩子。一個人吃了布丁，其他的孩子也會好奇，就會將注意力從熊緩和熊急身上轉移到布丁上去。

拿到布丁的孩子會自己吃，或是跟爸媽分著吃。人吃了好吃的東西就會感到幸福，不論是哪個世界都一樣。

從觀眾們的表情看來，熊熊發狂的事件應該已經解決了吧？

雖然我很少帶著熊緩和熊急在街上走，但現在如果要騎著熊緩和熊急來到這座城市，應該也沒問題了。

於是，與熊熊玩遊戲的活動在盛況之下落幕。

順帶一提，克里夫和艾蕾羅拉小姐、米莎的雙親都在途中回去工作了。

感謝他們可以在百忙之中抽空前來。

至於熊熊制服，因為諾雅和米莎很想要，所以我決定送給她們當作禮物。她們為什麼想拿那種熊熊制服呢？明明就只能當作睡衣來穿。

215 熊熊回到克里莫尼亞

克里夫的工作也已經告一段落，所以我們要回去了。

宅邸前聚集了來替我們送行的人。

「諾雅，好久沒有見到妳，我很高興。」

「是，我也很高興能見到母親大人。請幫我跟姊姊大人問好。」

艾蕾羅拉小姐好像要在這裡待到王都的檢察官抵達為止。檢察官會接手艾蕾羅拉小姐的工作。

在那之後，葛蘭先生也會一起帶著蟾蜍父子和綁架米莎的黑衣男前往王都。

蟾蜍男家的傭人們會在這座城市接受審判，但他們的判決似乎要等王都決定如何處置蟾蜍父子之後才會下來。

令人在意的是告訴我們被擄的孩子們在哪裡的女僕——露法小姐。據艾蕾羅拉小姐所說，她後來坦承了一切。

她也是蟾蜍家的受害者之一。所以，我希望她的刑罰能夠輕一點。

不過，我無法插嘴干涉這件事，只能祈求。

艾蕾羅拉小姐撫摸諾雅的頭，然後看著我和菲娜。

「諾雅就交給妳們兩個了。雖然她有點任性，但是個好孩子。」

我們點點頭。我知道諾雅是個好孩子，她把身為平民的菲娜當成好朋友就是很好的證據。雖然她偶爾會為了跟熊有關的事情失控，卻是個很善良的孩子。

諾雅一臉害臊地說：「母親大人，請不要再說了。」

艾蕾羅拉小姐身旁的賽雷夫先生接著說道：

「優奈閣下，這次很謝謝您給我這個寶貴的經驗。」

「雖然事情鬧得很大。」

「不，可以遇到老朋友，我很慶幸自己有來。」

能聽到他這麼說，我也很欣慰。這次給賽雷夫先生添了不少麻煩。

「不過可惜的是，回程不能騎乘熊緩閣下和熊急閣下。我很希望能再享受一次那種舒適的騎乘感呢。」

賽雷夫先生露出真心感到遺憾的表情。賽雷夫先生會跟艾蕾羅拉小姐一起搭馬車回去，賽雷夫先生聽到這個安排時露出了非常失望的表情。這次受了賽雷夫先生的照顧，我下次一定要帶新的料理去拜訪他。和賽雷夫先生道別後，最後要和法蓮格侖一家人道別。

「小姑娘，這次受妳照顧了。要不是有妳在，我們家族或許已經被打垮了。謝謝妳。」

葛蘭先生低下頭。

「我已經聽過好多次謝謝了。」

葛蘭先生和米莎的父母都已經跟我道謝了好幾次。他們昨天也有跟我道謝，我已經不知道這是第幾次聽到謝謝了。

他們曾問我是否需要他們幫我做些什麼，或是我有沒有想要什麼東西。但我覺得救了米莎，又向她的家人要求回報是不對的事情。我只是想要幫助米莎，並不是因為想要得到回報，或是把這件事當成工作才救她的。

總覺得如果拿了謝禮，那份怒火和想要拯救米莎的意志就會變成虛情假意，所以口頭道謝就很夠了。

「大家都要回去了呢。」

米莎露出寂寞的表情。這也沒辦法，克里莫尼亞是我們該回去的地方。米莎一臉羨慕地看著站在一旁的父親。

「唔……我好羨慕父親大人喔，我也好想一起去。」

米莎的父親——李奧納多先生要跟我們一起前往克里莫尼亞。

這是為了針對這次的事件向菲娜的父母道歉。本來是身為領主的葛蘭先生要去道歉，但他必須前往王都，所以才改由李奧納多先生過去。

菲娜說過「不需要道歉」，但最後卻還是拒絕不了他們。當時她多次向我投射求助的視線，但我沒有資格干涉這件事。讓菲娜身陷危險，我也有義務向堤露米娜小姐與根茲先生道歉。所以我可以理解葛蘭先生和李奧納多先生的心情，沒辦法插嘴。

「我只是要去向菲娜的父母道歉而已，馬上就會回來了。所以這次妳乖乖在家裡等吧。」

李奧納多先生把手放在米莎的頭上，這麼安撫她。

「下次換米莎來找我們玩吧，到時候我會帶妳去店裡的。」

「好的，我一定會去。」

克里莫尼亞離這座城市並不遠，不是無法來回的距離。只要想見，隨時都可以見面。多虧了熊熊活動，下次我來的時候，居民看到我應該也不會引起騷動，所以能放心造訪。雖然有可能因為別的原因引起騷動，不過那也沒辦法。

跟所有人都道別之後，我們往克里莫尼亞出發。

因為有李奧納多先生和他的護衛隨行，所以回程時不使用熊熊屋。這件事，我也已經跟克里夫說過了。

路上什麼事都沒有發生，我們順利回到了克里莫尼亞。總覺得我好像離開了很久，稍微有點懷念的感覺。

走進城市，我抬頭一看，發現太陽就快要下山了。我今天想要直接回去洗澡然後上床睡覺，但還得把菲娜送回家，向堤露米娜小姐報告很多事情。

跟諾雅和克里夫道別後，我和菲娜、李奧納多先生三個人一起前往菲娜的家。

李奧納多先生原本打算隔天早上再去菲娜家登門道歉，但我說早上是很忙碌的時段，反而會給人家添麻煩，所以他才會直接跟我們一起前往菲娜的家。

我並沒有說謊，我懶得一大早出門陪他是最主要的原因。

只不過，不管挑哪個時段拜訪，他們見到貴族都一定會很驚訝。既然這樣，雖然對堤露米娜小姐夫妻倆很不好意思，我還是想要快點解決這件事，好好放鬆。

「您真的要來嗎？」

菲娜用沉重的表情這麼問道。李奧納多先生都已經來到這裡了，她也真是不死心。她好像真的很不希望身為貴族的李奧納多先生來自己家道歉，我也不是不能理解菲娜的心情。

以原本的世界而言，村長或鎮長就算了，如果有市長等級的人來登門道歉，我應該也會不知所措。跟自己地位不同的人來登門拜訪，一般人大概都會這麼想。

而且這個世界的平民與貴族有很大的身分差距，所以這也無可奈何。

可是，人家都已經來到這裡了，也只能認命。

「畢竟我們害米莎重要的朋友遇上那種可怕的事，要是不好好道歉，父親會罵我的。」

「可是我沒事呀。」

「這是兩回事。」

菲娜只好放棄，乖乖回家。

「我去叫媽媽過來。」

菲娜一到家，就對家裡喊道：「媽媽！媽媽！」呼喚堤露米娜小姐。因為門已經打開，我們能聽到堤露米娜小姐的聲音。

「菲娜回來了嗎？」「菲娜回來了啊。」「姊姊？」

還可以聽到根茲先生和修莉的聲音。

「媽媽，出來一下。有人想要見妳。」

過了不久，菲娜就帶著堤露米娜小姐和根茲先生從家裡走了出來。根茲先生已經下班了嗎？

「優奈，歡迎回來。妳回來得比原本預定的還要晚一點呢。想見我的人是妳嗎？」

「不是我喔，想見堤露米娜小姐的是這位先生。」

原本站在我後面的李奧納多先生往前站了一步。

「優奈，這位先生是？」

「他是錫林城領主的兒子，也是米莎的爸爸。」

「我是李奧納多．法蓮格侖。」

李奧納多先生低頭行禮。

「領主大人的公子？所以是貴族大人？貴族大人怎麼會來這裡呢？」

堤露米娜小姐和根茲先生很驚訝。貴族來家裡拜訪，果然會讓一般人感到驚訝。

「該不會是我們的女兒菲娜做了什麼失禮的事吧？」

他們一臉不安地問道。有貴族來到家裡，會這麼想或許也很正常。

「不，我這次來是為了道歉，很抱歉給令嬡添麻煩了。」

堤露米娜小姐一臉疑惑地看著我。

我正打算說明的時候，李奧納多先生比我更早一步開口。既然如此，我會幫忙補充說明。

「我的女兒遭到綁架，當時和她在一起的令嬡試圖挺身保護她。」

堤露米娜小姐看向菲娜。

「原來是這樣呀，所以您才特地從錫林城來到這裡。不好意思麻煩您了。」

堤露米娜小姐和根茲先生不知道該怎麼反應。看他們的表情，好像是在煩惱該不該請客人進門，又該怎麼招待對方。夫妻倆有時候會看向我，但我也不知道該怎麼辦。該請他進門呢？還是不必？而且李奧納多先生也說過他道完歉就要回去了。

不過，沒想到堤露米娜小姐也會這麼傷腦筋。我對她抱著工作很有效率的印象，很少見到這麼傷腦筋的堤露米娜小姐。

根茲先生的表情比堤露米娜小姐還要傷腦筋，這個一家之主真是沒有面子。李奧納多先生道完歉，最後遞出表示歉意的禮品。

「雖然這次發生了這樣的事，今後也還請繼續和我女兒做朋友。」

李奧納多先生低下頭。受到他的影響，堤露米娜小姐和根茲先生也低下頭。

「那麼，我就先告辭了。」

李奧納多先生轉過頭來看我。

「優奈小姐，這次也很謝謝妳。」

「李奧納多先生，你明天就會回去了吧？」

「是的。因為父親要前往王都，我必須早點回到領地。」

他再次低頭後離開。他今天似乎要住在克里夫的宅邸，明天再回去。其實他好像也想慢慢來，但畢竟發生了那麼大的事件，也只能馬上回去。

「呼～」

李奧納多先生一離開，堤露米娜小姐就鬆了一口氣。

「嚇了我一跳，沒想到錫林城的貴族大人竟然會來家裡拜訪。」

「是啊。」

「媽媽、爸爸，對不起。」

菲娜道歉。

「不用道歉啦，妳不是挺身保護了朋友嗎？可是，不要讓我太擔心喔。」

堤露米娜小姐沒有生氣，而是溫柔地撫摸菲娜的頭。

「優奈，我也要謝謝妳。我女兒好像受了妳不少照顧。」

「我也要道歉，我明明該負責照顧好菲娜的。」

「不用放在心上啦，我知道妳很在乎我的女兒，而且她也沒事嘛。」

堤露米娜小姐把菲娜抱到自己身邊。

「媽媽，抱太緊了啦。」

「好久沒見了，有什麼關係嘛。」

「我會不好意思啦。」

真是溫馨的景象。根茲先生好像也很想加入她們，但他忍住了。

然後，我一說自己要回去……

「既然這樣，乾脆一起吃頓飯吧。我也想聽聽事情的詳細經過。」

「你們一家人好久沒有……」

我正要說出團圓這個詞的時候，被堤露米娜小姐打斷了。

「妳在說什麼呀，不必在意那種小事啦。快點進來吧。」

我被堤露米娜小姐拉起手，另一隻手則被菲娜抓住。我無法抵抗，就這麼被她們帶進了家中。

216 熊熊收到來自和之國的包裹

昨晚在菲娜家吃飯的時候，堤露米娜小姐說有寄給我的大量包裹送到了安絲的店裡，寄件人是密利拉鎮的傑雷莫先生。大概是我先前拜託他從和之國購買的貨物吧，為了收取那些貨物，我今天要去拜訪安絲的店。

我從後門走進安絲的店。

店面的二樓住著來自密利拉鎮的安絲、賽諾小姐、弗爾妮小姐、貝朵小姐四個人。另一位也是來自密利拉鎮的妮芙小姐在孤兒院工作，現在住在孤兒院。

我一打開門就看到了賽諾小姐。在店裡工作的女性中，她只比安絲年長。賽諾小姐個性開朗，總是帶著笑容在店裡工作。

「咦，優奈，妳怎麼來了？」

「安絲在嗎？我聽堤露米娜小姐說，密利拉鎮的傑雷莫先生寄了包裹給我。」

「啊啊，那些包裹啊。可是安絲已經跟弗爾妮一起出門採購食材了。」

今天是店裡的公休日，我還以為她會在，看來是剛好錯過了。

休假的時候，安絲有時候會前往市場，親自確認食材。順帶一提，另一位貝朵小姐似乎是去孤兒院了。

「賽諾小姐，妳在做什麼？」

「我負責看家。」

「既然這樣，我該怎麼辦呢？」

「要拿包裹的話，我也知道放在哪裡喔。」

「真的嗎？」

「安絲交代過我，如果妳來了就要交給妳。」

「既然這樣，可以拜託妳嗎？」

賽諾小姐帶著我來到倉庫。

「這些就是寄給妳的包裹。」

倉庫的角落放著木箱和麻布袋。

外包裝上面還用可愛的字跡寫著「優奈的包裹」。真是顯而易見。

「還有一些會壞掉的食物放在冷藏庫。」

我打算等一下再去冷藏庫看看，現在先確認眼前的包裹。

我首先打開麻布袋，麻布袋裡面裝的是米。

「這些東西，我全部都可以收下嗎？」

「全部都是妳的，當然可以了。」

我心懷感激地把裝了米的麻布袋收進熊熊箱。這樣一來，在家裡也吃得到米飯了。

身為日本人，總是會想念米飯的。

我把裝了米的麻布袋收進熊熊箱之後，注意到不同顏色的麻布袋。

「賽諾小姐，這個顏色不一樣的袋子是什麼？」

「嗯～聽說好像是不同種類的米。」

賽諾小姐稍微思考了一下，這麼回答。

「不同的米？」

「我記得安絲好像說是叫做糯米吧？」

「糯米！」

「我覺得看起來就跟普通的米一樣，可是好像不一樣。」

是啊，乍看之下都一樣是米。兩者相較頂多只能看出顏色略有不同，我光看也無法分辨米的種類。

不過，如果真的是糯米，那就太好了。

「優奈，妳知道糯米嗎？」

「算是知道。」

糯米啊～真的是糯米的話，就可以做麻糬了。我有點期待。

接下來，我打開了其他的木箱，裡頭裝著好幾個瓶子。

這是什麼呢？

我確認瓶子裡的內容物，發現是醬油。附近的小盒子裡還裝著海苔。

這毫無疑問是在鼓吹我做麻糬來吃吧。

然後，我找到了茶葉。

我接著打開稍微偏大的木箱，裡面放著漂亮的布料。

我把布料攤開，發現那是浴衣。然後我又找到了髮簪。

和之國的文化果然和日本很類似。

不過，我從小學低年級以來就沒有再穿過浴衣了。這要怎麼穿來著？我有在電視上看過穿法，記憶卻很模糊。邊穿邊回想或許就會穿了吧？

可以的話，我想讓菲娜穿穿看。

如果有煙火的話，大家一起穿也不錯。可是，這裡有煙火嗎？這個世界擁有魔法，就連火藥是否存在都很難說。

既然如此，能不能用魔法來做煙火呢？往天空施放火魔法，像煙火一樣爆炸之類的？或是用雷魔法？

下次有空的時候來試試看好了。

另外還有什麼東西呢？

這是短刀嗎？

喔喔，好帥。雖然小刀或劍也不錯，不過日本人果然還是要拿日本刀。

我從刀鞘中拔出短刀，刀身很漂亮，漂亮得不會輸給祕銀小刀。可是，這個不會很貴嗎？

我非常高興。

除此之外，還有手帕和緞帶、漂亮的布匹。

把所有的箱子都打開看過的我將貨物連同箱子一起收進熊熊箱。

確認完倉庫後，我們接著前往冷藏庫。

走進隔壁的冷藏庫，賽諾小姐冷得渾身發抖。多虧有熊熊服裝的防寒功能，我並不覺得冷。只要不在意外觀，不怕冷也不怕熱的熊熊服裝就是很優秀的裝備。

冷藏庫裡保存著要在店裡使用的蔬菜和飲料。順帶一提，隔壁還有冷凍庫，裡面放著冷凍的魚和肉。

「這個架子上放的就是要給妳的東西。」

賽諾小姐指著的架子上放著陶製瓶子，和裝著醬油的容器一樣。裡面裝著什麼呢？

我拿起一個瓶子。瓶口封得很緊密，我打開蓋子，裡面裝著看似褐色黏土的東西。這個味道該不會……

「是味噌啊。」

從後面探頭過來看的賽諾小姐在我得出答案之前這麼告訴我。

沒錯，這是味噌。

也就是做味噌湯的材料。可以做味噌湯了。

米飯和味噌湯、荷包蛋和海苔。傳統的日式早餐終於要完成了。

好想快點喝到味噌湯。比起麻糬，味噌湯的優先順位無疑更高。

我打開旁邊的瓶子，裡面是不同顏色的味噌。

喔喔，還有各式各樣的味噌啊。我已經迫不及待要做味噌湯了。

這樣一來應該就可以做出早餐了，我卻總覺得好像缺少了什麼。到底是什麼呢？詞彙明明已經來到喉嚨了，我卻說不出來。

我以為下一個瓶子裝的也是味噌，一打開卻有股酸味在口中擴散，使嘴巴忍不住嘛起。光是聞到味道就能促使口水分泌。

「是酸梅耶。我怕酸，不敢吃這個。」

賽諾小姐擺出有點嫌棄的表情。

瓶子裡的東西是酸梅。我有種難以言喻的懷念感。

賽諾小姐看到酸梅就稍微後退了一點。當然，身為日本人的我並不怕。我還待在日本的時候，冰箱裡也有放酸梅。

酸梅可以包在飯糰裡，而且既然有茶葉，做成酸梅茶泡飯也不錯。

光是聞到酸梅的味道，就讓我食慾大開。

這種感覺讓我回想起來，剛才的日本料理中缺少的就是酸梅。

我馬上在腦中的菜單中追加酸梅。

話說回來，竟然有這麼多接近日本文化的食材，我希望總有一天可以去和之國看看。我想應該還有其他各式各樣的東西。

辛苦打倒克拉肯、挖掘隧道總算是值得了。我付出的勞力已經確實回饋到我身上。辛苦是有回報的。

收下包裹的我興高采烈地回到熊熊屋，開始收拾要洗的衣物和家裡。

家事做完後，雖然還有點早，我開始準備晚餐的菜色。我要做的當然是味噌湯。

我用昆布慢慢熬煮高湯，準備配料。雖然有海帶等食材，但我現在才發現沒有豆腐。和之國會有嗎？如果有的話，我一定要買。

這次的味噌湯配料是海帶、白蘿蔔、紅蘿蔔。我試喝了一點，味道不錯。飯也煮好了，我把飯裝到碗裡。碗也是放在包裹裡的東西，我馬上就拿來用了。最後，我在飯上放上酸梅。

旁邊放著味噌湯和烤魚。當然了，烤魚一定要淋上醬油。最後我泡了一壺熱呼呼的茶。

傳統的日本料理完成了。

這樣讓我也開始想吃醃菜了。

「我要開動了。」

我先喝了一口味噌湯。嗯，真好喝。

然後，我用筷子把酸梅切成小塊，跟白飯一起送進嘴裡。酸味在口中擴散。真好吃。

烤魚也很美味。

我最後淋上熱茶，享用茶泡飯。

吃得津津有味的感覺讓我重新認知到自己是個日本人。

因為實在太好吃，我忍不住又多添了一碗白飯和味噌湯。

217 熊熊帶布偶去拜訪諾雅

收到包裹的隔天。

我吃了白飯、酸梅和昨晚做的味噌湯當早餐。

一早就能吃到日本料理，我很滿足。

吃完早餐後，我開始清洗在旅行用熊熊屋裡用過的床單和毛巾等東西。

我絕對不是嫌克里夫和護衛使用過的東西很髒，只是想要讓下一個使用的人可以舒適地睡在乾淨的床單上而已。

一個人洗東西太寂寞了，所以我召喚出小熊化的熊緩和熊急。熊緩和熊急雖然有幫我，看起來卻只像在玩。

洗完衣服的我為了領取布偶，前往雪莉工作的裁縫店。

我一走進店裡就看到正在工作的娜爾小姐，跟她打了招呼。她說雪莉在後面的房間裡，所以我往深處走。

我敲門，走進房間內，看到雪莉正在做布偶。

「早安，雪莉。布偶做好了嗎？」

「優奈姊姊！呃，是。已經做好的布偶放在那邊的架子上。」

我沿著雪莉指的方向望去，看到架上擺著熊緩和熊急的布偶各三個。可能是按照製作的順序擺放吧，布偶排列的方式是熊緩、熊急、熊緩、熊急、熊緩、熊急，黑白交互坐在架上。

看著六個布偶排在一起，讓我有點來到布偶店的感覺。如果奢侈一點，能把整個架子都擺滿就太完美了。

「如果我能做多一點就好了。」

有六個就很夠了。必須優先贈送的是已經跟我約好的諾雅、讓我萌生做布偶的念頭的芙蘿拉公主。只要兩人份。

「已經很夠了。剩下的部分，妳有空的時候再做就好了。」

我靠近架子，把布偶收進熊熊箱，發現後面還放著更小的熊緩和熊急。尺寸大約是手掌的大小。

「雪莉，這是什麼？」

「啊，是。因為我不想浪費多出來的布，所以就做了小的布偶。」

「好可愛喔。」

孩子們收到應該會很高興。

「謝謝優奈姊姊的誇獎，這種布偶也很受孩子們歡迎。」

她好像已經發送給孩子們了。

做了好幾個布偶，的確會產生碎布。充分利用多出來的布是一件好事。

「我可以拿走這些布偶嗎？」

「可以，沒問題。」

「謝謝妳。」

我一定要好好答謝雪莉，趁現在想想雪莉會想要什麼吧。

我向雪莉道謝，離開了裁縫店。

拿到布偶的我朝諾雅家出發。一到諾雅家，身為女僕的菈菈小姐便帶我來到諾雅的房間。

「優奈小姐，妳今天怎麼會來呢？」

「我把答應要給諾雅的布偶帶來了。」

「真的嗎！」

諾雅探出身子問道。

諾雅的舉動讓我覺得很可愛。

我從熊熊箱裡取出熊緩和熊急的布偶，遞給諾雅。

「謝、謝謝妳。我會好好珍惜的。」

諾雅高興地抱緊布偶。

看到她這麼高興，我真的很開心。

「可是，怎麼會這麼快？」

從米莎的生日派對回來，才過了沒幾天。

「因為我在出發前就訂做布偶了，今天只是去拿了成品過來。」

「這種布偶該不會已經有很多了吧？」

「算是很多嗎？有孤兒院的孩子們的份。」

我還要送給芙蘿拉公主，菲娜和修莉想要的話，我也想送給她們。

不過，菲娜應該也會自己做吧？

「原來已經做了那麼多呀。這麼說來，擁有熊熊布偶的人不只有我和米莎呢。」

諾雅露出有點遺憾的表情。

「除了孤兒院的孩子們，現在就只有米莎和妳有。」

只不過，我接下來還要拿去送給芙蘿拉大人就是了。

「對了，請問這是去哪裡訂做的呢？我還以為這是優奈小姐和菲娜親手做的呢。」

「我是跟城裡的裁縫店訂做的。給米莎的布偶是禮物，所以是我和菲娜一起做的。」

「這麼說來，這不是優奈小姐親手做的呀。有點可惜呢。」

「所以，妳不想要嗎？」

「我想要、我想要。」

我作勢要拿走布偶，諾雅就抱緊了布偶，免得被我搶走。

「不過，既然是裁縫店做的，就表示我也可以訂購嗎？」

「訂購？我不是才剛送妳嗎？」

諾雅的懷裡抱著我才剛送給她的熊緩與熊急布偶。

「妳在說什麼呀？我還需要備用的。」

諾雅用無法苟同的眼神看著我。我說了什麼奇怪的話嗎？

同樣的布偶不需要好幾個吧。

如果有不同的版本才會想要蒐集全部的種類吧，為什麼要買一模一樣的東西？

好吧，我原本的世界也有些人會為了使用、保存、傳教三種用途而購買三個。

不論如何，我勸退了諾雅。諾雅鼓起臉頰，但只是可愛，一點也不可怕。

「對了，李奧納多先生回去了嗎？」

「是的。他在隔天早上就回去了。」

我也有聽本人說了，他似乎真的馬上就回去了。

如果他可以暫時停留在克里莫尼亞，我打算請他吃店裡的料理。等他下次跟米莎一起來的時候再請吧。

「優奈小姐，妳今天還有其他的事嗎？」

諾雅抱著布偶這麼問我。

我今天沒什麼特別的事，只有要回家收衣服而已。

「沒有喔。」

「既然這樣，請叫熊緩和熊急出來吧。我也想要被熊熊環繞。」

看來諾雅是想要像米莎過生日時一樣，被熊緩和熊急，以及熊緩布偶、熊急布偶團團圍繞。

「好啊。妳要小熊還是大熊？」

「請把牠們變成大熊。」

我按照諾雅的期望，召喚出普通體型的熊緩和熊急。諾雅抱著布偶，撲向熊緩和熊急。

我和諾雅一起待到午餐時間，她下午還要念書，所以我午後便離開，免得打擾她。諾雅一臉寂寞，不過既然要念書也沒辦法。

我一回到家就開始收拾晾乾的被褥。

嗯，變得乾乾淨淨的，感覺真舒服。

218 熊熊搗麻糬

我為了吃到麻糬，決定採取行動。

說到糯米就想到麻糬。

可是，一個人搗麻糬也沒什麼意思。既然如此，我決定下次店裡休假的時候，在孤兒院舉辦搗麻糬的活動。參加者有孤兒院的孩子們，還有在「熊熊的休憩小店」工作的莫琳小姐等人、在「熊熊食堂」工作的安絲等人，以及菲娜一家人。根茲先生也會來。

院長說「聽起來很有趣呢」。安絲等人說「用糯米做料理嗎？我們要去」，對麻糬充滿了興趣。莫琳小姐等人也說「我們當然要去了」。菲娜說「我會邀請修莉和爸爸媽媽一起去的」。

為了做好搗麻糬的準備，我馬上用製作熊熊石像的方式做出石臼。我在石頭上開洞，做出我曾經在電視上看過的石臼。

大概是這樣吧？

雖然我沒有親眼見過，但應該差不多。

接著需要做的是用來搗麻糬的杵。應該就像是用木頭做的大槌子吧？

只要可以拿來搗，什麼材質應該都可以。還是應該請木匠來做呢？要是做不出來，就去跟堤露米娜小姐或米蕾奴小姐商量吧。我決定先自己做做看。我用風魔法或切割或刨削手邊的木材，做出一個類似杵的工具。

沒想到真的做得出來。

我試著拿起杵揮舞，或輕輕敲敲看，看來沒問題。我試著脫掉熊熊玩偶手套再拿拿看，結果然舉不起來。我再次認知到自己有多虛弱。

我拿著杵往臼一揮，注意到一件事。

誰要來翻麻糬？

一個人沒辦法搗麻糬。杵很重，只有我舉得起來，孩子們不可能拿得動，更別說是要反覆揮舞好幾次了。

我看著坐在旁邊休息的熊緩和熊急。

總不能叫熊緩和熊急幫忙翻麻糬吧。要是牠們去碰麻糬，麻糬應該會變得整團都是熊毛。

不過既然是召喚獸，或許不容易掉毛吧？

雖然我不覺得牠們很髒，但會不會有衛生方面的問題呢？

果然還是教菲娜等等年長的孩子怎麼做，再請他們幫忙比較保險吧？

我有在電視上看過小孩子搗麻糬的樣子，只要不用太快的速度搗應該就沒問題。我想到這裡時，熊緩靠了過來，試圖舉起杵。

「熊緩？」

熊緩用後腳站起來，用前腳舉起杵給我看。

看來牠願意搗，而不是負責翻面。

「你會搗嗎？」

「咿～」

熊緩的表情就像是在說「交給我吧」。

熊緩往下揮舞杵，力道相當大。

「有點危險，再小力一點。」

我只要負責把麻糬翻面就好了吧。

我有點害怕，不過應該沒問題吧？

好像解決了問題，又好像沒有，但也只能試試看了。

我又多做了幾組杵和臼以防萬一。從熊緩剛才的搗法看來，牠有可能會把工具弄壞。多幾個備用品總沒有壞處。

搗麻糬的前一天，我用充足的水浸泡糯米，準備迎接明天的活動。

我隔天一大早便起床，把吸飽了水的糯米蒸熟。

嗚嗚，好睏。

早知道就趁昨天先蒸好，再收到熊熊箱裡了。現在抱怨也沒有意義，所以我繼續做事。做好準備的我走出熊熊屋。我一抵達孤兒院，比較年幼的孩子們就來迎接我了。

「其他人呢？」

我沒有看到堤露米娜小姐和菲娜或安絲。我有點太早來了嗎？

「大家都去照顧鳥兒了。」

「她們說大家一起做比較快。」

年幼的孩子們這麼告訴我。

即使店裡休假，照顧鳥兒的工作也不能休息。所以大家想要一起做，快點把工作做完。

既然如此，我就在大家回來之前做好搗麻糬的準備吧。

我從熊熊箱裡取出仿造的石臼和杵，準備蒸好的糯米和裝著溫水的桶子。

「優奈姊姊，妳要做什麼？」

「一種把米搗爛做成的料理，叫做麻糬。」

「好吃嗎？」

大約四五歲的女孩和男孩這麼問我。他們的懷裡抱著熊緩和熊急的布偶。

其他的孩子也抱著布偶。

看來雪莉說得沒錯，熊熊布偶很受歡迎。

「嗯～不知道耶。我是覺得很好吃啦。我做給你們吃。」

「嗯！」

做完準備的我最後召喚出熊緩和熊急。熊緩和熊急一出現，年幼的孩子們就高興地靠了過來。

「是熊緩耶～」

「熊急～」

抱著熊熊布偶的孩子們聚集到熊緩和熊急身邊，現場到處都是熊。如果孩子們還穿著熊熊制服的話，那就清一色都是熊了。

「我要請熊緩來幫忙，所以大家去跟熊急玩吧。熊急，大家就拜託你了。」

「咿～」

讓年幼的孩子們靠近會有點危險，所以我拜託熊急照顧孩子們，和熊緩一起先開始練習搗麻糬。

首先，我把事先蒸好的糯米放到臼裡。臼裡的糯米冒著蒸氣。

熊緩不會做細膩的動作，所以一開始由我來做。我用杵磨碎米，大致搗了搗。

米已經磨碎得差不多了。

大概這樣就可以了吧。糯米稍微被搗爛之後，我把杵還給熊緩。

「好了，我把麻糬翻過來之後，你就敲敲看，一開始要輕一點喔。」

「咿～」

我把熊熊玩偶手套脫掉，伸手觸碰麻糬。

「好燙！」

「優奈姊姊！」

「我沒事。」

孩子們一臉擔心地看著我。我揮揮手，安撫他們。

不過，有點危險呢。真的很燙，我差點就燙傷了。不管我以前再怎麼宅，手也太虛弱了吧。

我下次會小心一點。

我記得電視上的人好像都是沾水之後輕輕碰一下麻糬。

我再挑戰一次，麻糬卻還是一樣燙。我看著放在地上的熊熊玩偶手套。熊熊玩偶手套不論發生什麼事都不會髒，不需要清洗。

我戴上熊熊玩偶手套，輕輕碰了一下麻糬。

喔喔，不會黏住。發生令人難以置信的現象了。

我試著用熊熊玩偶手套翻起麻糬。

喔喔，麻糬果然不會黏住熊熊玩偶手套。

萬能的熊熊玩偶手套讓我很感動。

「熊緩，再來一次吧。」

「咿～」

「來。」，咚，「來。」，咚，「來。」，咚，「來。」，咚。

我們很順利地搗著麻糬。

我適度沾溼麻糬，熊緩繼續搗。

我和熊緩正在搗麻糬的時候，做完照顧鳥兒的工作的孩子們回來了。堤露米娜小姐和菲娜、修莉也在其中。

「優奈，妳已經開始啦？」

「嗯，我想先、試試看。」

我一邊這麼跟堤露米娜小姐說明，一邊繼續搗麻糬。

「來。」，咚，「來。」，咚，「來。」，咚，「來。」，咚。

「這就是新的食物？」

堤露米娜小姐看著臼裡的東西。

「這是、搗爛糯米、做成的、食物。」

我一邊翻麻糬一邊回答。

「該不會是要拿到店裡賣吧？」

堤露米娜小姐用「又來了？」的表情看著我。

「這是我、自己想吃的，不會拿去、店裡賣、啦。」

做麻糬還真是辛苦，要是有自動搗麻糬機就好了，可惜沒有那種東西。所以做起來需要花費相當大的勞力。

我的店裡是小孩和女性居多，做起來會很辛苦。就算不做麻糬，一天的工作量就很多了，要在這種狀況下推出麻糬料理是不可能的。

不過，麻糬可以冷凍保存，一次做好大量麻糬或許就有可能。可是因為太麻煩了，我目前沒有那個打算。

而且麻糬就是偶爾吃才好吃，我並不會想要每天吃。

聽到我說的話，堤露米娜小姐露出安心的表情。

「來。」，咚，「來。」，咚，「來。」，咚，「來。」，咚。

糯米順利產生黏性，漸漸變成麻糬。

應該就快好了吧？

正在搗麻糬的時候，我看到莫琳小姐和安絲等人走了過來。

「優奈小姐，我們來晚了。我聽說要用糯米做料理，就做了一些配菜帶來。」

看來安絲和莫琳小姐等人做了一點料理帶來。

只有麻糬就太單調了，所以我很感激。

可是，人數很多，這樣做太慢了。只有我和熊緩一人一熊搗麻糬會花很多時間，可能也需要請堤露米娜小姐等人來幫忙吧？

我正在煩惱該怎麼辦時，援軍就來了。

「優奈，我們聽說妳要做新的料理就來了，我們也可以參加嗎？」

「有什麼可以幫忙的嗎？」

露麗娜小姐和基爾不知道從哪裡聽說了消息，跑來參加活動了。

他們身後還跟著男人一看就會發火的，帶著美女和可愛女孩的後宮冒險者——布里茨。

「我也來幫忙。」

男丁增加了。

他們好像是從根茲先生那裡聽說的，可是根茲先生本人卻沒有出現。

「他說他要把工作做完再來。」

堤露米娜小姐告訴我。

我開始教大家怎麼搗麻糬。

現場多了露麗娜小姐和基爾、布里茨和隊伍成員等兩組人馬。

不只如此，安絲等廚師組成的娘子軍好像也想要試試看。提早做完工作的根茲先生也隨即抵達，和堤露米娜小姐搭檔，菲娜和修莉則在一旁聲援他們。

我多做的臼和杵並沒有白費。

只不過，我把安絲等人要用的杵弄得小了點。

杵果然很重吧？

搗麻糬的人變多，我們很快地完成了許多麻糬。莫琳小姐、卡琳小姐、涅琳小姐組成的麵包店小組把這些麻糬揉成方便食用的大小。

我準備好小盤子和醬油、海苔，把做好的麻糬發給孩子們。

配海苔和醬油是不錯，不過我也把麻糬加進安絲等人煮的湯裡。

我吃著配海苔和醬油的麻糬。

真好吃。

在吃的時候，大家也會輪流搗麻糬。要是多出來，收到熊熊箱裡就行了，就算做太多也沒有問題。

搗麻糬活動在眾人的好評之中結束。

「優奈小姐，謝謝妳。」

我們正在收拾工具的時候，院長向我道謝。

「自從優奈小姐來到這裡，那些孩子們總是很快樂。今天也能看到他們快樂的笑容，我很高興。」

院長用慈愛的眼神看著收拾著盤子、椅子和墊布的孩子們。院長很享受這次的活動，見他如此，我也很高興。

後來，我辦了這場活動的事情被諾雅得知，她大發雷霆。

「下次請一定要邀請我！」

我向她保證，平息她的怒火。

219 熊熊送熊熊布偶給芙蘿拉大人

搗麻糬活動結束後過了幾天。

嗯~應該差不多可以去王都了吧？

我很好奇蟾蜍家怎麼樣了，卻沒有問克里夫。

艾蕾羅拉小姐說有證據，所以剝奪他的爵位是無可避免。不過，這件事似乎會交由國王來判斷。

被剝奪爵位之後的事才是問題，我很在意他們是否會回到錫林。

若蟾蜍家回到錫林，根據處分，米莎有可能會再次遭遇危險。

煩惱也於事無補，所以我決定去把熊緩和熊急的布偶送給芙蘿拉大人。

如果見到艾蕾羅拉小姐，再問她就好了。

我使用熊熊傳送門，久違地來到王都。我向大門的守衛打招呼，守衛一如往常地跑去聯絡。

我看著守衛的背影，走進城堡裡。

因為已經來過好幾次，我早就記住前往芙蘿拉大人的房間的路了。我走向芙蘿拉大人的房間時，曾在路上遇到一些人，卻沒有人擋下我。我總是會心想，一般人隨意前往公主殿下的房間真的好嗎？

我這麼想著，抵達了芙蘿拉大人的房間。

我跟平常一樣敲門，安裘小姐便走出來請我進房間。

我一進門就看到芙蘿拉大人坐在牆邊書桌前的模樣。

「我是不是打擾到妳們了？」

「不會，我也正打算讓她休息。」

安裘小姐轉頭望向芙蘿拉大人。

「芙蘿拉大人，優奈小姐來了喔。」

芙蘿拉大人被安裘小姐這麼一喊，小小的臉轉了過來。

「熊熊？」

她一看到我就露出笑容，朝我奔來。

光是能夠看到這個笑容，我來這一趟就值得了。

「妳過得好嗎？」

「嗯！」

她有精神地回應。

「我今天帶了禮物要送給妳。」

「禮物？」

我從熊熊箱裡取出熊緩和熊急的布偶。

「是熊熊耶。」

雖然是小熊尺寸的布偶，對嬌小的芙蘿拉大人來說還是很大。

我正在猜她會拿哪一個布偶時，她就握住兩隻熊布偶的手一拉。布偶掉到地上，芙蘿拉大人抱住了地上的熊緩和熊急布偶。

「芙蘿拉大人，不可以坐在地上喔。」

安裘小姐糾正她。

芙蘿拉大人泛起淚光，安裘小姐溫柔地教導她。

「把熊熊放在地上太可憐了。所以，請站起來吧。」

安裘小姐這麼說，但是地面非常乾淨。

地上鋪著漂亮的地毯，看起來很乾淨。如果是我，還可以毫不在乎地躺在上面玩遊戲。可是身為公主殿下，這樣可不行。

安裘小姐把布偶拿到桌子上。芙蘿拉大人坐到椅子上，抱住布偶。

「芙蘿拉大人，您有沒有什麼話要跟優奈小姐說呢？」

芙蘿拉大人交互看著布偶和我。然後她從椅子上跳下來，走到我面前。

「謝謝熊熊。」

熊熊勇闖異世界

「要好好珍惜它們喔。」

芙蘿拉大人高興地點點頭。

話說回來，安裘小姐把她教得很好呢。

不只教她念書，還會明確地告訴她什麼事是錯的、什麼事是對的。芙蘿拉大人將來應該會是一個了不起的王室成員。

芙蘿拉大人回到桌邊，握住熊緩布偶的手。

「優奈小姐，謝謝妳總是這麼關照芙蘿拉大人。」

我一坐到芙蘿拉大人面前的椅子上，安裘小姐馬上端茶給我。

我道謝，喝了一口茶。王室成員喝的茶果然很美味。

我沒有其他的事，正在悠閒地放鬆時，有人敲門了。安裘小姐走過去開門的時候，我聽到王妃殿下的聲音。國王也來了嗎？

可是，王妃殿下一走進房間，門就關了起來。

奇怪？

除了王妃殿下以外，沒有其他人走進房間。

「優奈，妳好呀。」

王妃殿下向我打招呼，然後馬上注意到芙蘿拉大人面前的布偶。

「哎呀，那是熊緩和熊急的布偶嗎？」

「嗯，熊熊給我的。」

「上次芙蘿拉大人跟熊緩和熊急道別的時候很傷心，所以我想說有了布偶就可以讓她轉移注意力。」

我這麼說明，王妃殿下就在芙蘿拉大人身旁的椅子上坐下，從芙蘿拉大人那裡借了熊急布偶。

「真可愛。」

王妃殿下把熊急布偶放到腿上，開始撫摸它的頭。王妃殿下，那個布偶是為了芙蘿拉大人才做的，請不要搶走喔。

不過，芙蘿拉大人看起來並不在意，同樣把熊緩布偶放在腿上抱著。也許是有其母必有其女吧。

既然芙蘿拉大人沒有開始吵鬧，應該沒關係吧？

還是說，我應該也送王妃殿下一組布偶呢？

「芙蘿拉，這個禮物真棒。」

「嗯！」

王妃殿下喝著安裘小姐端出的茶，撫摸熊急布偶的頭。母女倆看起來很幸福。

「真正的熊很可愛，不過這些布偶也很可愛呢。」

「王妃殿下也想要嗎？」

我姑且向她確認。

「哎呀，妳也願意送給我嗎？」

「沒問題，所以請不要搶走芙蘿拉大人的布偶喔。」

「我才不會搶走女兒寶貝的東西呢。不過，既然優奈願意給我，我也想要。」

我又拿出一組新的熊緩與熊急布偶，放到桌上。

熊緩與熊急布偶增加為四隻了。

「好多熊熊喔。」

看到四隻布偶，芙蘿拉大人非常高興。安裘小姐直盯著布偶看。

「安裘小姐也想要嗎？」

「不，那個，我想我女兒應該會喜歡。因為我女兒非常喜歡優奈小姐的繪本。」

人家都這麼說了，我可不能不送。

「安裘小姐，請拿去送給妳的女兒吧。」

「真的可以嗎？」

「只要人家喜歡熊，我就拒絕不了了。」

我又拿出一組熊熊布偶，桌上的熊熊布偶增加到六隻了。

「非常謝謝妳，我女兒一定會很開心。」

我收下諾雅的布偶之後，雪莉也會趁有空的時間做布偶，所以現在布偶也還在持續增加。前幾天我也才剛拿到新的布偶。

我看著芙蘿拉大人開心地抱著布偶，安裘小姐又幫我倒了新的紅茶。

「優奈小姐，今天的午餐要怎麼安排呢？」

「午餐？」

聽到安裘小姐說的話，芙蘿拉大人和王妃殿下有了反應。

因為我總是會帶食物過來，她們才會有反應嗎？

而且如果我有準備餐點，要是不先告知賽雷夫先生，就要給他添麻煩了。

我開始思考。熊熊箱裡放著麵包和米。

不過，我今天打算拿出麻糬。我為了這一天做了一道料理。

「雖然不知道合不合妳們的口味……」

我拿出麻糬火鍋。

添加許多配料的火鍋裡也加了麻糬。

「哎呀，今天吃火鍋呀。」

「王室成員也會吃火鍋嗎？」

「我們不會大家一起吃一個火鍋，不過會吃廚師分好的配料。」

熊熊勇闖異世界

王妃殿下這麼告訴我。

可能是像湯一樣的東西吧。

我打開鍋蓋，鍋裡冒出蒸氣。熊熊箱真的很方便。

我準備好碗和叉子、湯匙。

「芙蘿拉大人，妳有討厭的蔬菜嗎？」

「沒有。」

「真是了不起。」

「嗯！」

我在碗裡裝了滿滿的蔬菜和麻糬。

「看起來好好吃。」

我也裝了王妃殿下和安裘小姐的份。

大家正要開動的時候，艾蕾羅拉小姐沒有敲門就開門走進了房間。

「我趕上了嗎？」

這話是指什麼？

艾蕾羅拉小姐看到桌上的東西，低聲說了句「看來趕上了」。

她是指吃東西的事啊。

原來不是要來見我。

「艾蕾羅拉小姐也要吃嗎？」

「當然要了，我就是為了吃才趕來的。」

艾蕾羅拉小姐高興地坐到椅子上，於是我把裝著火鍋料的碗放到她的面前。

「謝謝。」

大家開動了。

「哎呀，這是什麼？」

艾蕾羅拉小姐夾起麻糬。

「那是麻糬。可以烤來吃，或是拿來煮火鍋。」

「哎呀，可以拉長呢。」

「拉得好長喔。」

芙蘿拉大人把麻糬拉長。

「芙蘿拉大人，不可以玩食物喔。」

「對不起。」

芙蘿拉大人乖乖地吃起麻糬。

「有彈性的口感真不錯呢。我很少吃到這樣的東西，真好吃。」

火鍋果然是庶民美食吧？

我不太能想像王室成員或貴族吃火鍋的樣子。

「優奈，妳真的帶布偶來給芙蘿拉大人了呢。」

艾蕾羅拉小姐看向放在芙蘿拉大人後面的布偶。

「因為已經說好了嘛，而且我一開始就打算送了。另外，我也已經送給諾雅了。」

「謝謝妳。那孩子當時很羨慕地看著米莎娜手上的布偶呢。」

她的確很羨慕。

我送她布偶的時候，諾雅很高興，甚至想要訂購更多，讓我忍不住擔心她的將來。希望她會對熊產生愛好不是因為我的關係，因為我沒辦法為她負責。

話說回來，國王不在還真是安靜呢。

大門的士兵應該有去向國王報告我來訪的消息，國王卻沒有現身。

「艾蕾羅拉小姐，國王陛下不會來嗎？」

我向吃著麻糬的艾蕾羅拉小姐這麼問道。

「他今天……應該說有一陣子都要忙上次那件事，所以詹古和艾爾納特殿下都在監視他，免得他逃跑。」

既然會對我說「那件事」，應該就是指我知道的那件事吧。

只要我發問，她就會告訴我詳細情形嗎？

「他不只綁架米莎和商人的小孩，做過的各種壞事都曝了光，現在要調查，還有相關人員的

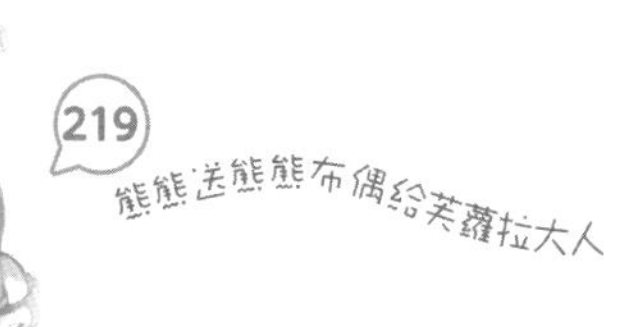

訊問等各種事情都要趕著處理。」

我正在猶豫是否該發問的時候，艾蕾羅拉小姐自己開口了。

「這麼說來，已經證明他犯罪的事實了啊。」

「幾乎所有證據都已經確鑿，不容他狡辯了。」

我曾經擔心因為他是貴族，事情可能會不了了之，還好確實會好好懲罰他。

既然綁架了孩子們，就一定要讓他接受懲罰。而且除此之外好像還有別的罪狀。

「賈裘德好像真的很胡作非為呢。」

據艾蕾羅拉小姐所說，他除了與商人進行非法交易，還做了恐嚇、暴力等各式各樣的壞事。

雖然艾蕾羅拉小姐沒有明說，但聽起來似乎還包括了殺人。

我沒有問關於地牢的事，艾蕾羅拉小姐也沒有主動提起。所以，我覺得自己沒有必要知道。

「沙爾巴德家的爵位會被剝奪。」

既然要剝奪爵位，就表示他會失去領主的身分吧。

我針對這一點詢問。

「所以錫林城會由法蓮格侖家來治理對吧？」

這樣一來就不會再受到騷擾，葛蘭先生也可以安心了。

只不過，我很擔心那對父子被剝奪爵位後會不會又回到錫林城。

我不知道這個國家會怎麼處罰罪犯，可是如果他們回到城裡，米莎有可能會遭到他們挾怨報復。

可是，聽到我的問題，艾蕾羅拉小姐緩緩搖頭。

「財產全數沒收，賈袞德處以死刑，他的兒子會被在王都的親戚收養。」

聽到死刑一詞，我嚇了一跳，心情有點複雜。

不過，這也無可奈何。

既然兒子會被在王都的親戚收養，米莎應該就安全了吧？

要是遭到挾怨報復，又被綁架或騷擾就傷腦筋了。

「別擔心，他的兒子蘭道爾一輩子都無法進入錫林城了。而且收養他的家庭也會監視他的行動。他們知道要是疏於監視，自己也會受罰，所以沒問題的。」

那我應該可以放心了吧？

不過，那個性格惡劣的兒子可能會暗中做些什麼，例如對綁架米莎的冒險者下指示之類的。

這部分也正如艾蕾羅拉小姐所說，只能靠收養他的家庭監視他了。

我有點在意綁架米莎的黑衣冒險者，所以開口詢問。

「那個冒險者呀。他好像還有其他的罪狀，所以還在調查中。」

艾蕾羅拉小姐這麼說。

「另外，還有一件事要告訴妳。葛蘭伯爵為了負起招致如此事態的責任，主動辭去了領主的職位，錫林城的領主將由他的兒子李奧納多接任。」

「這樣啊。」

「好像是因為孫女被綁架，連支持自己的商人都遭到迫害，他才會決定退休。」

「米莎被綁架和商人的事情都不是葛蘭先生的錯吧？」

明明就是對方找麻煩，不是他的錯。

可是，因為從以前開始就有這種情況，所以應該要有方法能夠處理，這或許也是沒辦法的事吧。在我聽來，當初的應對的確是有點慢半拍。

不論是哪個世界，鄰居之間都可能會發生糾紛。雖然這次是領主之間的糾紛，規模比較大。

「也許吧，不過他也說過現在剛好是讓位給兒子的好時機。而且這件事也不是我們可以插嘴的。」

的確如此。和李奧納多先生年齡相近的克里夫也已經是領主了。既然葛蘭先生已經決定了，就沒有我插嘴的餘地。

「而且呀，葛蘭老爺還很高興地說這麼一來就能自由行動了呢。他還說要帶米莎娜去優奈的店裡玩喔。」

真是個硬朗的老爺爺。

如果他們要來店裡玩，我可要好好歡迎他們。

220 熊熊撿到精靈女孩

吃完飯，飽餐一頓的芙蘿拉大人抱著熊熊布偶睡著了，於是我離開城堡。

回到王都的熊熊屋時，我看到有個人靠著圍牆倒下了。

呃，怎麼會有人倒在別人家前面啊？

我趕緊跑過去，發現是個有著長耳朵和淡綠色頭髮的女孩。

該不會是精靈吧？

長長的耳朵從淡綠色的長髮中露出來。精靈的特徵就是耳朵很長。

以外表來看，她的年齡和我差不多。話雖如此，精靈天生長壽，外表通常不反應實際年齡。

女孩靠著圍牆坐著，一動也不動。

應該不會是死在別人家前面了吧？

我蹲下來確認，她還有呼吸。

太好了，她好像還活著。

至少是避免了一回到家就發現一具屍體的慘劇了。

「妳沒事吧？」

我觸碰她的肩膀，輕輕搖晃。

然後，女孩的眼睛緩緩睜開。

「妳怎麼會倒在這裡？」

精靈女孩用空虛的眼神注視著我。

她的眼睛只睜開了一半。

「熊熊？」

女孩看著我，微微歪頭。

「妳為什麼會睡在這裡？」

「我在作夢嗎？有個打扮成熊熊的女生。怎麼可能有人會打扮成這種奇怪的樣子嘛。」

「還真抱歉啊，我的打扮很奇怪。」

「再睡著一次，一定就會醒來了。」

女孩真的閉上了眼睛。然後，我聽見她熟睡的呼吸聲。我輕輕搖晃她，但她沒有醒來。

呃，我該怎麼辦？

我想過要叫衛兵過來，但要交出一個睡著的女孩讓我覺得過意不去。而且我總不能把她丟在這裡，跑去叫別人吧？穿著熊熊布偶裝的我抱著她走好像也很顯眼。

經過一番思考，我決定把女孩帶進家裡。我用公主抱的方式抱起女孩。多虧熊熊裝備，我可以輕鬆抱起她。

我走進熊熊屋，直接走上二樓。然後，我把女孩放到客房的床上。

嗯～我把人帶回家真的好嗎？

我看著靜靜地睡在床上的精靈女孩。

總不能把她丟在外面，這也沒辦法。

我這麼說服自己，把女孩掛在腰上的道具袋和小刀拆下來放到桌上，免得妨礙她睡覺。

腰上的雜物消失後，女孩翻了個身，睡得很香甜。

這樣應該沒問題了吧？

正要走出房間的我想起了一件事。

啊，對了，我差點忘了。

我在床的一角召喚出小熊化的熊緩。

「她醒來之後要告訴我喔。」

我溫柔地撫摸熊緩的頭，這麼拜託牠之後走出房間。

我走回一樓，坐到沙發上，拿出洋芋片和歐蓮果汁。

喀滋喀滋。

好了，到底該怎麼辦呢？

真沒想到我會撿到一個精靈女孩。

咕嚕咕嚕。

話說回來，我總覺得那個精靈女孩的臉看起來很眼熟。

我試著回想，卻想不起來。我以前曾經在哪裡跟她擦身而過嗎？

喀滋喀滋。

我悠閒地吃著洋芋片，喝著果汁，漸漸開始覺得睏了。

我召喚出小熊化的熊急，把牠抱過來。

「熊急，如果發生什麼事了再叫醒我。」

我抱著熊急，在沙發上躺下。

睡午覺是人類最奢侈的享受。

抱著熊急讓我感到昏昏欲睡。一閉上眼睛，我就進入了夢鄉。

啪啪。

某種柔軟的東西拍打我的臉頰。

看來是熊急正在叫醒我。

我抱著熊急，坐起身來。

「熊急，早安。」

「咿～」

……我睡了多久呢？

窗外的天色稍微暗了下來。已經傍晚了啊，好像有點睡太久了。

我從沙發上起身後，熊急輕輕叫了一聲，看向樓上。

「該不會是那個精靈女孩醒來了吧？」

熊急搖搖頭。

咦，不是嗎？

那到底是什麼事？

雖然我交代熊緩要在精靈女孩醒來後通知我，但想一想後發現這不太可能辦到。畢竟房門已經關起來了。

牠大聲叫的話，我或許聽得到吧？

熊急看著樓上，所以我決定去看看情況。

我走上二樓，打開精靈女孩在睡覺的房間的門。

女孩在房間裡抱著熊緩。

「嗯～又軟又溫暖。」

熊緩想要逃走，卻被女孩緊緊抱住，無法掙脫。

牠只要使勁就能逃脫，只是不知道該怎麼辦。

精靈女孩並沒有醒來，她似乎只是在睡夢中不自覺地抱著熊緩。

熊緩用求助的眼神看著我。

看來熊緩似乎是向熊急發出了求救信號。

可是，正在熟睡的女孩被叫醒會很可憐。我正在思考該怎麼辦的時候，女孩的眼睛緩緩睜開了。

喔喔，她這次終於醒了嗎？

然後，她看著自己懷裡的熊緩。

「熊熊？」

接著，她的視線移到我身上。

「熊熊？…………又是夢啊。」

她又想繼續睡。

我輕輕打了一下打算繼續睡的精靈女孩的頭。

「這不是夢。」

被我打了一下，精靈女孩睜開眼睛。她再不醒我就傷腦筋了。

女孩坐起身，在房間裡左顧右盼。

「這裡是哪裡？」

她再次看向我。

「熊熊？」

不要再說這句話了。

「這裡是我家。妳倒在我家前面，不記得了嗎？」

精靈女孩露出煩惱的表情，開始思考。

「……我在人群裡走了好幾個小時，覺得好累，但又沒有錢找地方休息，搖搖晃晃地走著走著就看到一棟長得像熊熊的房子，之後就沒有記憶了。」

「唉……」

我只能嘆氣。

也就是說，她是累倒在別人家前面的。

「妳家在哪裡？」

「我住在精靈村落。」

精靈村落在哪裡啊？

她說得好像就在附近，我也不知道該做何反應。

「所以妳家不在王都啊？妳該不會是一個人從精靈村落跑到這裡來的吧？」

但我也不知道精靈村落在哪裡就是了。

「我是一個人來的。」

這麼小的女孩子（雖然看起來和我差不多）竟然一個人旅行，真是不敢相信。

連錢都沒有，真虧她能夠抵達王都，我啞口無言。她的父母到底在想什麼？還是說因為是精靈，所以她在這個年紀就已經成年，才能一個人出來旅行嗎？即使如此，這樣依然很危險。

如果其他人聽到我這麼說，或許會說我是在打自己的臉，但我不在意。

「那妳為什麼會一個人……」

跑來王都？我正要這麼問，女孩的肚子就發出小小的「咕嚕」一聲。

「好吧，我們先吃飯好了。我去準備吃的，下樓吧。」

看來她好像什麼都沒吃，所以我決定邊吃飯邊聽她說。

「真的可以嗎？」

「可以啊。」

「那個……」

我注意到女孩是想要叫我的名字。

「我叫優奈。」

「優奈小姐，謝謝妳。我叫做露依敏。」

「那麼，露依敏，妳差不多可以放開熊緩了吧。」

熊緩一直被露依敏抱著。從剛才開始，牠就一直用求助的眼神盯著我。

「這個孩子叫做熊緩嗎？」

露依敏舉起熊緩，這麼問我。

「黑熊叫做熊緩，這邊這隻白熊叫做熊急。」

我也介紹了我懷裡的熊急。

「牠們真可愛。」

露依敏放開了熊緩。

我帶著露依敏走到一樓。

「隨便找位子坐吧。」

露依敏坐到椅子上，我拿出莫琳小姐做的麵包和果汁給她。

「謝謝妳。」

露依敏低下頭。這時候她的肚子又叫了一聲。

我催促她開動。

這就是今天的晚餐了吧。我也拿出自己的份，坐到位子上。

「好好吃喔。我是第一次吃到這麼好吃的麵包。」

露依敏吃得津津有味。

如果莫琳小姐聽到她這麼說，應該會很高興吧。

「優奈小姐，妳的家人不在嗎？我想跟他們打聲招呼。」

「不在，我是一個人住。」

「咦，一個人？」

「是啊。」

我這麼回答，露依敏露出驚訝的表情。

「妳這麼小，卻一個人生活嗎？」

不准說我小。

露依敏明明也很小，她的身高跟我差不多。可是既然是長壽的精靈，她的年紀一定比我大吧。

她大概幾歲呢？外表看起來只有十五歲左右。

「而且我不是一個人，還有熊緩和熊急陪我。」

熊緩和熊急是我重要的家人。

聽到我這麼說，熊緩和熊急靠了過來。

「那個，我今天才剛到王都，所以不太清楚，請問現在王都流行打扮得像妳這樣嗎？」

露依敏好像從剛才開始就很好奇，她問了關於我的打扮的問題。

好吧，一般人都會好奇的。

「才不流行呢。」

要是流行就可怕了。

「我無可奉告打扮成這樣的理由。對了，妳為什麼會跑來王都？」

我沒打算對初次見面的人多說，所以反過來詢問關於露依敏的事。

「我是來找人的。上次見面的時候，我聽說她在王都工作。」

要來王都這裡找人啊。她該不會是為了找人，漫無目的地走了好幾個小時吧？

應該不是吧。希望如此。

「那個人在哪裡？如果我知道，我可以幫妳帶路。」

我姑且問問看。

如果不知道對方在哪裡，再怎麼樣也不可能在王都找到人吧。

知道地點的話，我至少可以幫她帶路。

如果是我不知道的地方，再問艾蕾羅拉小姐就行了。

「十年前，她說過她在冒險者公會工作。」

「十年前！」

「對，是十年前，有什麼問題嗎？」

露依敏微微歪起頭。

這麼說來，上次見面已經是十年前的事了嗎？

也就是說，這十年間都沒有見過面。

真不愧是長壽的種族。對他們而言，十年或許就像是人類的一年。

既然是在冒險者公會工作，表示對方是冒險者嗎？

不過，十年沒見面……那個人該不會已經死了吧？如果是冒險者，也有可能已經死了。

「那個人是冒險者嗎？」

「我不知道。我只聽說她在王都的冒險者公會工作。」

嗯～莎妮亞小姐或許會知道吧？

畢竟她是公會會長。

最重要的是，莎妮亞小姐也是精靈……

我看著露依敏的臉。

……長得有點像？

「怎麼了嗎？」

被我盯著看，露依敏露出害羞的神情。

「呃，那個人叫什麼名字？」

「她叫做莎妮亞，是我的姊姊。」

果然沒錯。

對喔，我就覺得她很像某個人，原來是莎妮亞小姐。

為什麼我一直沒有發現？

她們同樣是精靈，應該很快就能聯想到才對。

「優奈小姐，妳該不會認識她吧？」

看見我的反應，露依敏似乎察覺到了什麼，上半身往前傾。

「我認識她。莎妮亞小姐正在冒險者公會擔任會長。」

「公會的會長嗎？」

「嗯。她是精靈，頭髮顏色跟妳一樣，名字也叫做莎妮亞，我想應該沒錯。」

「優奈小姐，請帶我去找她。拜託妳。」

露依敏低下頭。

「可以啊，不過今天太晚了，明天再去吧。」

太陽差不多下山了。雖然冒險者公會基本上是二十四小時營業，但這個時間點會擠滿許多結束工作的冒險者。可以的話，我想避開這個時段。

莎妮亞小姐這個時候可能也已經結束工作，下班回家了。

我答應明天幫露依敏帶路，叫她今天在這裡過夜。

「優奈小姐，非常謝謝妳。」

露依敏道謝。我總不能把這麼讓人放不下心的孩子丟出去嘛。

221 熊熊拜訪莎妮亞小姐

撿到精靈女孩——露依敏的隔天，我們出門前往冒險者公會。我錯開了人潮較多的早晨才出發，雖然露依敏很想早點去，但為了盡量避免麻煩事，我不得不這麼做。

「那個，優奈小姐。」

露依敏躲在我身後，向我搭話。

「什麼事？」

我知道她想說什麼，但還是試著問道。

「大家都在看我們呢。」

嗯，的確在看。景象一如往常。

還有小孩子用手指著我。

「優奈小姐的打扮果然……不是很奇怪……也不是很特殊……是很有個性吧？」

她似乎小心翼翼地選了要出口的詞彙，但既然全都脫口而出就沒有意義了。

「搞不好是因為精靈很稀奇，所以大家都在看妳呢。」

「才沒有那回事呢，我從來沒有受到這麼多人的注目過。」

就算她不這麼強烈地否認，我也知道目光的焦點是我。走在王都的街上，這是無可避免的景象。

和克里莫尼亞不同，王都很廣大，人也多。王都內知道我這號人物的人大概只有一小部分。所以不論如何，打扮成熊的我都會變成眾人的焦點。

「唔唔，感覺有點難為情。」

露依敏縮起身子。

大家明明是在看我，妳躲在我後面要做什麼？

既然這麼不情願，走得離我遠一點不就得了？

就是因為躲在我後面，才會有自己受到注目的錯覺。

而且就是因為在意才會感到不自在，我很想把在這幾個月學到的這個道理傳授給露依敏。不過，我也很在意別人的視線，於是把熊熊連衣帽往下拉，遮蔽視線。

「優奈小姐，冒險者公會還沒有到嗎？」

「就快到了。」

在大街上走著走著，我看到一棟比其他建築物更大的建築物。

「是那棟很大的建築物喔。」

我用熊熊玩偶手套指向的前方有一棟很大的建築物，比克里莫尼亞的冒險者公會還要大。

「姊姊就在那裡……」

露依敏突然往冒險者公會跑去。

「喂，露依敏！」

我也追著露依敏往冒險者公會跑。

我一進到冒險者公會裡，就看到露依敏在裡頭四處張望。

突然跑進來的我們吸引了眾人的目光。

注意到我的冒險者口中紛紛說出「熊」這個詞彙。可是即使如此，也沒有人靠過來。

可能是上次的傳聞稍微傳開了吧？

不過似乎沒有引起騷動，讓我輕鬆不少。

「姊姊呢？」

「等一下。」

站在入口會妨礙別人出入，於是我用熊熊玩偶手套抓住露依敏的手，往深處前進。

我望向櫃檯。多虧有避開人多的時段，櫃檯沒有什麼人。我拉著露依敏的手，走向櫃檯。

「可以請問一下嗎？」

「是，有什麼事呢？」

看到我，櫃檯小姐依然正常對答。

也對，公會職員應該都知道我是誰吧。

「我想要找莎妮亞會長，能見她嗎？」

「您有預約嗎？」

「沒有耶。可以幫我轉告她，是優奈想找她嗎？」

莎妮亞小姐有欠過我人情，她應該願意見我。

「請告訴她，她的妹妹露依敏來了。我是莎妮亞姊姊的妹妹。」

「會長的妹妹嗎！」

聽到露依敏插嘴說的話，櫃檯小姐很驚訝。附近的公會職員也驚訝地看向露依敏。

這件事有那麼驚人嗎？

「拜託妳了，我無論如何都想見到姊姊。」

露依敏低下頭。

「我、我明白了。我去轉告會長，請稍等一下。」

櫃檯小姐離開座位，走向深處的辦公室。

想要見到公會會長都要事前預約嗎？

王都的公會會長或許很忙，普通人沒辦法輕易見到吧。

我正在想著這種事時，剛才眾人口中的「熊」一詞漸漸被「會長的妹妹」取代，在冒險者之間傳開。

這個情況讓露依敏嚇了一跳，環顧周遭。結果，冒險者的視線反而集中過來，就為了看看公會會長的妹妹——露依敏的臉。

熊熊勇闖異世界

「什、什麼？」

露依敏躲到我的背後。

拜託，不要再躲到我背後了。

「大家好像都對莎妮亞小姐的妹妹很好奇呢。」

「唔唔，好難為情喔。」

這次的視線是露依敏引起的，要好好承受啊。

露依敏正在難為情的時候，深處的一扇門猛然打開了。

「露依敏！」

莎妮亞小姐慌慌張張地從辦公室裡跑出來。

「姊姊！」

莎妮亞小姐跑過來抱住露依敏。

「我們五年沒見了吧？妳長大了呢。」

「姊姊，是十年啦。」

「哎呀，已經那麼久了嗎？」

兩人相視而笑。

這對精靈姊妹太誇張了，她們的時間感果然跟我不一樣。

「對了，妳怎麼會跑來王都？」

莎妮亞小姐問完之後才注意到周圍的視線。

冒險者和公會職員的視線都集中在她們身上。

「你們快回去工作。冒險者也不要老是待在這裡，快去接委託。」

莎妮亞小姐這麼告誡周遭的人，趕走基於好奇心才看著我們的冒險者和公會職員。莎妮亞小姐嘆了一口氣，帶著我們走向公會會長的辦公室。

我也順理成章地跟過來了，這樣好嗎？

「露依敏，好久不見了。對了，妳們兩個怎麼會在一起？」

莎妮亞小姐交互看著我們。

「那是因為……」

露依敏露出難以啟齒的表情。

也對，她應該不好意思說自己是倒在路邊被我撿到的吧。

「她迷路的時候遇到我，所以我才帶她來這裡。」

為了露依敏的面子，我隱瞞了她昏倒的事。

「真的嗎？」

莎妮亞小姐用懷疑的眼神看著露依敏。

露依敏眼神游移，點了點頭。

「嗯。」

看來她打算隱瞞。

「優奈，抱歉。我妹妹受妳照顧了。」

「只是碰巧，不用放在心上啦。」

反正只是碰巧發現她倒在我家前面，我在心裡這麼補充說道。

「對了，妳怎麼會跑來王都？是來見我的嗎？」

「精靈森林的結界變弱，長老叫我來帶姊姊回去。」

「森林的結界變弱了嗎！」

聽到露依敏所說的話，莎妮亞小姐發出驚訝的聲音。

光是聽到精靈森林這個詞彙，就讓我聯想到神祕的森林。精靈森林的結界變弱是很嚴重的事情，這種事就算是我也知道。

「嗯，結界好像有裂痕，所以有魔物跑進精靈森林。為了重設結界，長老希望姊姊回去一趟。」

「我知道了，不過結界竟然會解除，真不敢相信。不是應該還能再撐一百年嗎？」

「跟我這麼說我也不懂啦。因為實際上真的變弱了，偶爾還會有魔物跑進來。」

我可以理解露依敏的說法。

就算聲稱可以撐一百年，既然有魔物入侵，就表示結界變弱了。

可是莎妮亞小姐都這麼說了，結界會變弱或許是有什麼原因吧？

如果是遊戲或漫畫，有壞人襲擊精靈村落是很常見的情節。

為了竊取精靈村落的祕寶而破壞結界，聽起來是很有可能發生的事。

「那個，我可以問個問題嗎？」

「優奈，怎麼了？」

「進得了喔。結界只會擋住魔物。」

「除了精靈之外，其他東西都進不了那種結界嗎？」

看來只有魔物無法進入結界，人類可以進入。這麼說來，原因就不是壞人了。

不過，任誰都能進入的話，我也可以進入了。精靈的森林或村落是奇幻故事的經典場景，如果我提出要求，她們願意帶我一起去嗎？

難得都來到異世界了，我很想去精靈村落看看。

「真麻煩呢。不過又不能不去。」

「除了莎妮亞小姐以外，沒有人能修復那種結界嗎？」

我很想說我願意代替她去，但還是忍住了。

「也不是不行，但用在結界上的魔法是只有長老的親人才能知道的祕密。」

「那長老是……」

「是我們的爺爺。所以要設結界就需要有我在。」

「那麼，露依敏呢？」

熊熊勇闖異世界

「她還太小了。」

「嗚嗚，我才不小呢。」

「是呀，妳長大了。不過我還活著，妳也知道我在哪裡，所以才會來找我吧。」

既然是親人才能知道的祕密，我就不能代勞了。

「不過，精靈村落有點遠呢。」

「那裡很遠嗎？」

「畢竟是在鄰國呀。」

就算說是鄰國，我也沒有概念。大概有多遠呢？

原來露依敏是一個人從那麼遠的地方來到這裡的。

想到她倒在我家前面的事，讓我不禁佩服她竟然能抵達王都。

「露依敏，妳現在住在哪間旅館？妳就暫時住在我家吧。」

「暫時是多久？」

「我總不能馬上出發吧。我還得交接，再把急迫的工作做完才行。我畢竟是公會會長，不好好工作會給很多人添麻煩的。」

的確，莎妮亞小姐是王都的公會會長，她的工作量應該很多，也要交接才行。有工作的大人就得背負這種責任，她跟整年都在放假的我是不同的。

「所以，妳到底住在哪裡？」

「我……」

露依敏瞄了我一眼。

「老實回答我。」

莎妮亞小姐質問露依敏。

「我昨天才抵達王都，在優奈小姐家住了一晚。」

露依敏老實回答。

「唉，我就知道是這樣。優奈，真的很謝謝妳。這孩子個性冒失，我有點擔心她。我是很想答謝妳，不過我剛才也說了，我還得交接工作上的事，可以等到我從精靈村落回來再答謝妳嗎？」

莎妮亞小姐一臉抱歉地這麼說。

「既然這樣，妳可以帶我去精靈村落嗎？」

我馬上開口拜託。

222 熊熊想去精靈村落

「咦，優奈，妳想來精靈村落嗎？」

「嗯，我想去看看，會給妳們帶來困擾嗎？」

外人一進入精靈村落就遭到精靈攻擊是很常見的情節。例如精靈會在樹上拉弓，說著「馬上離開，膽敢再前進，我們就要發動攻擊了」之類的話。如果會給她們兩個人添麻煩，雖然可惜，我還是會死心。

「妳不用擔心。有陌生人到村裡，村民會有戒心，但如果是跟我和露依敏在一起就沒問題。不過，精靈村落很遠，又位在森林深處，普通人要去是很辛苦的。」

有熊熊裝備的我不管要走多遠都沒關係。而且，我還有熊緩和熊急在。只要交給熊緩和熊急，就算一路上都在睡也能抵達目的地，所以不會有問題。

雖然現在才這麼說有點晚，但我什麼事都要靠熊呢。

「而且這不是委託，沒有報酬，也不會提昇階級喔。」

我不需要錢或階級，我只是想要去奇幻故事的經典場景——精靈村落看看而已。我說我不需要錢或階級，莎妮亞小姐就露出了不可置信的表情。

「既然優奈都這麼說了，那好吧。不過那裡真的什麼都沒有喔。」

那是精靈的想法。對其他人來說，那裡的事物皆十分稀奇。

例如祕寶，或是能在精靈森林裡採到的珍貴藥草等等，精靈森林完全是未知的領域。而且精靈村落是遊戲、小說、漫畫的重要場景，難得都來到異世界了，怎麼可以不去看看呢？

而且，就算真的什麼都沒有，只是看看這個世界的精靈都住在什麼樣的地方也好。

這是一趟觀光旅行。

取得了莎妮亞小姐的許可，我正高興的時候，聽到別的地方傳來不太贊同的聲音。

「姊姊，妳真的要帶優奈小姐去嗎？」

露依敏用難以置信的表情看著莎妮亞小姐。

咦，露依敏反對嗎？

可以的話，我希望露依敏也能贊成。如果要一起旅行，我想避免處得不愉快的狀況。

「那裡很遠耶，優奈小姐還是個小孩子呢。」

小孩子？我才沒有那麼小呢。而且要比身高的話，露依敏也很嬌小吧。也包括某個部位。

露依敏會反對好像是因為擔心我的人身安全。

「什麼小，妳也跟她差不多吧。」

「雖然看起來跟我差不多，但優奈小姐是人類，跟我們精靈不一樣。太危險了。」

我是很高興露依敏替我擔心啦。

不過這就是所謂的幫倒忙嗎？

「優奈遇到危險呀。」

莎妮亞小姐欲言又止，轉頭看著我。

那是什麼眼神？雖然我知道她想說什麼。

不管怎麼樣，我大概只能自己說服露依敏了吧。

「露依敏，我是冒險者，有能力保護自己，所以妳不用擔心我喔。」

「優奈小姐是冒險者？」

露依敏似乎不相信我說的話，用懷疑的眼神看著我。

沒有人會相信一個穿著熊熊布偶裝的女孩子是冒險者，這已經是家常便飯了。

我正在思考該怎麼說明時，莎妮亞小姐開口替我說話了。

「雖然優奈打扮成這個樣子，但她是個優秀的冒險者喔。她不會在旅途中礙手礙腳的，不必擔心。」

我的打扮被說成這個樣子，我卻無法反駁，讓我覺得有點不甘心。

既然要替我說話，難道沒有好一點的說法嗎？

「優奈小姐，這趟旅程會很漫長喔，沒辦法在幾天內就回來。有時候會遇到魔物的攻擊，很危險的。也有可能突然下雨，變成落湯雞。危險的不只是魔物，人也很危險。他們看妳什麼都不知道，就會主動靠過來騙妳呢。」

露依敏說得好像經歷過這些事一樣。

我可以想像她是吃了多少苦頭才抵達王都的。我很想對她說聲「妳很努力呢」，再摸摸她的頭。

不過，如果下雨了，只要拿出熊熊屋來躲雨就行了，而且我能打倒普通的魔物，也知道人很危險，遇到的話，只要反擊就行了。不過，她最後那句「就會主動靠過來騙妳呢」似乎說得特別有力，是我的錯覺嗎？

「既然妳這麼擔心，那就保護好優奈呀。妳應該稍微成長了一點吧？」

莎妮亞小姐露出壞心的笑容，這麼向露依敏提議。

露依敏盯著我看。

她煩惱了一下子後得出答案。

「我知道了。我會保護優奈小姐。可是，姊姊要在回程的時候負責保護她喔。」

雖然事情往奇怪的方向發展了，但總之露依敏答應了。

不過，我還比較擔心倒在熊熊屋前的露依敏。她好像是個冒失鬼，散發著一個人走在路上會很危險的氛圍。

可是，從露依敏的角度來看，我似乎比較令人擔心。

「既然這樣，我們來決定行程吧。」

於是，莎妮亞小姐估算自己完成工作所需的時間，決定出發的日期。

「姊姊，要坐什麼交通工具？果然是坐馬車嗎？」

馬車很麻煩呢，最大的缺點是速度慢，坐馬車還不如騎馬。

不過，露依敏會提議坐馬車，說不定是為了我。

「露依敏，妳是怎麼來到這裡的？」

「有時候是坐共乘馬車，有時候是走路。」

共乘馬車是在城市之間移動的交通工具，以原本的世界舉例，就像是公車或電車。只要付錢，就可以前往特定的目的地。如果是車資比較昂貴的共乘馬車，有時候還會有護衛同行。

我有時候會看到護衛馬車的委託，但一般來說這一類委託大多會跟冒險者簽訂長期契約，所以很少會張貼在冒險者公會的告示板。

「嗯～我想想。優奈，可以拜託妳嗎？」

莎妮亞小姐猶豫了一下，然後拜託我。

雖然她省略了一些話，但應該是指熊緩和熊急。我沒有問題，於是點頭。

坐馬車去會花很多時間，所以我也比較希望能靠熊緩和熊急來移動。

決定好日期和交通工具後，我們約好在出發當天的早上在冒險者公會碰面，然後道別。

離開冒險者公會的我使用熊熊傳送門回了克里莫尼亞一趟，向菲娜和堤露米娜小姐告知我要出遠門的事情。

「優奈姊姊，路上小心喔。」

「如果有什麼事情，記得用熊熊電話聯絡我。」

對我來說，菲娜等人比較令人擔心。所以，我仔細叮嚀菲娜要記得用熊熊電話聯絡我。只要有熊熊傳送門，我就可以隨時趕回來。

「妳這麼強，還有熊緩和熊急在，我想應該沒問題，不過要盡量早一點回來喔。太久沒有見到妳，孤兒院的孩子們會擔心，菲娜和修莉也會寂寞的。」

「我會盡量早點回來的。」

我答應堤露米娜小姐。

有人這麼擔心自己，讓我覺得很開心。在原本的世界，我很少有這樣的經驗。

有什麼狀況時，我可以在精靈村落設置熊熊傳送門，縮短回程的時間。唯一的問題是，我不能對莎妮亞小姐和露依敏說出熊熊傳送門的事情。

然後，到了出發當天，我前往冒險者公會。

現在是太陽才剛開始升起的時間。

嗚～好睏喔。

我不覺得有必要這麼早出發，但姊妹倆似乎想在大門的出入人潮變多前離開。

出入王都的人潮的確很多。我一邊打呵欠，一邊走向冒險者公會。我改變了想法，覺得挑在人少的早晨出發或許不錯。不會有小孩子用手指著我，也不會聽到路人竊竊私語的聲音。

雖然有時候會有人看到我然後嚇一跳，但跟人多的時間比起來幾乎等於沒有。

我抵達冒險者公會前的時候，莎妮亞小姐和露依敏兩個人已經在等待了。

「早、早～安。」

我打招呼的時候忍不住打呵欠。

「優奈，妳看起來很睏呢。」

「因為我平常不會這麼早起。」

平常我會再多睡一兩個小時。

反正我不需要早起工作，要移動的話，靠熊緩和熊急的速度也可以在轉眼之間抵達目的地，還可以透過熊熊傳送門前往王都。我根本沒有理由早起。

菲娜要來我家做肢解工作時，也都是天亮之後才會來。

「妳們倆好像不睏呢。」

「我們是精靈，已經習慣在天亮的同時起床了。」

莎妮亞小姐這麼說，但卻馬上被露依敏反駁了。

「姊姊！妳在說什麼啊？要不是我叫醒妳，妳就要睡過頭了。我怎麼叫妳都叫不醒，而且剛才妳明明還在打呵欠。」

露依敏開口爆料。

原來是這樣。既然如此，我打呵欠也沒問題了吧。

我不再忍耐，又打了一次呵欠。

出發之後，就在熊緩和熊急的背上睡覺吧。

「今天不算啦。我只是因為昨天一直工作到深夜，所以才會起不來。我平常絕對不會睡過頭。」

莎妮亞小姐的呵欠跟我不一樣，似乎是有原因的。

「那麼優奈小姐，請問妳的馬或馬車在哪裡？」

露依敏說了奇怪的話。

為什麼我要準備馬呢？

我和莎妮亞小姐一臉疑惑地看著露依敏，她緊張地開始說明。

「因為之前姊姊拜託優奈小姐準備交通工具，我才以為優奈小姐會準備馬車或馬。是我誤會了嗎？還是說，其實優奈小姐有預約共乘馬車？」

我望向莎妮亞小姐，發現她正在偷笑。

看來她似乎隱瞞了熊緩和熊急的事。

莎妮亞小姐似乎很享受戲弄妹妹的樂趣。

「露依敏，沒事的。優奈確實準備了前往精靈村落的交通工具。」

「是嗎？」

露依敏看著我，所以我點頭。

我並沒有說謊。

「既然如此，我們快點出發吧。」

莎妮亞小姐往大門邁出步伐。

歪著頭的露依敏跟在她的後頭。

223 熊熊往精靈村落出發

商人和共乘馬車紛紛出發，我們也走到大門之外。

「呃，我們應該不是要用走的去吧？」

露依敏一臉不安地問道。

也對，在沒有任何說明的情況下走出大門，也難怪她會不安。

我們移動到人潮少的地方。

「這附近應該可以吧？」

我伸長雙手，召喚出熊緩和熊急。

「這、這、這是什麼！」

露依敏大叫。

「牠們是熊緩和熊急，我有向妳介紹過吧。」

「熊緩和熊急？可是，牠們沒有這麼大吧？」

露依敏用手比出小熊熊緩的體型。

「妳當時看到的是牠們變成小熊的狀態。」

我把熊緩和熊急變成小熊。

這時候，從另一個方向傳來驚訝的聲音。

「優奈！這兩隻小熊是怎麼回事？」

這次換莎妮亞小姐驚訝地睜大眼睛了。

對了，莎妮亞小姐還不知道小熊化的事。

「我可以把熊緩和熊急從普通大小變成小熊的大小。」

「竟然有這種事……」

莎妮亞小姐和露依敏各自抱起小熊化的熊緩和熊急，姊妹倆做出了同樣的舉動。

我請她們放開熊緩和熊急，把兩隻熊變回原本的大小。

「真是神奇。」

「好神奇喔。」

「那麼，請妳們兩個人騎上熊緩。」

「我們該不會是要騎著熊緩牠們去吧？」

「牠們跑得比馬快，騎起來也很舒適喔。」

莎妮亞小姐和露依敏靠近熊緩。

「我還是第一次騎熊呢。」

「因為普通人不會騎熊嘛。」

熊緩背對兩人，露依敏先騎上去，然後是莎妮亞小姐。
「那個，熊緩，拜託你了。」
我也騎上熊急，溫柔地撫摸牠。
「今天也要麻煩你們了。」
熊急小聲叫著回應我。
「雖然應該不會掉下來，可是請不要在熊緩背上亂動喔。那麼我們出發吧。」
我們朝精靈村落出發。
「好快喔。」
「很快呢。」
「跑得這麼快，熊緩牠們沒問題嗎？」
露依敏有點擔心地問道。
雖然兩人說很快，但也只比馬的普通奔跑速度稍微快一點。
其實速度還可以更快，但畢竟路途漫長，為了不給熊緩和熊急造成太大的負擔，我才把速度放慢。
而且，我也不知道可以把熊緩和熊急的能力公開到什麼程度。
所以我假裝牠們是比馬稍微快一點，但是體力更好的動物。
可以把體力好當作牠們跑得比馬更久的理由。

「我會讓牠們休息，沒問題的。對了，莎妮亞小姐，一開始是要往拉魯滋城前進對吧？」

前幾天討論的時候，我問了我們要去的城市名稱。不過，我還沒有掌握地點與距離。

我覺得有莎妮亞小姐和露依敏幫忙帶路應該就夠了。要經由什麼樣的路線前往精靈村落，就交給她們兩人決定。

我只是提供交通工具，跟著她們一起走罷了。

「對，因為那座城市與鄰國相鄰。從那裡可以進入鄰國——索澤納克國。」

據莎妮亞小姐所說，前往拉魯滋城的途中還會有城鎮或村莊，至於是否要暫時停留，就根據當下的狀況來決定。

雖然我想開拓地圖，但想不想停留在城市又是另一回事了。

如果不是穿著熊熊服裝，到城裡觀光也不錯，但這對我來說是個難解的問題。

若是一人旅行就算了，這次還有莎妮亞小姐和露依敏同行，我不想給她們兩個人添麻煩。

不管怎麼樣，今天早起的我覺得很睏。

我抬頭一看，天空非常晴朗。陽光很溫暖，剛好適合睡覺。真想直接躺在熊急背上好好睡一覺。

可是，和我並肩前進的兩個人會向我搭話，讓我沒辦法睡覺。

「話說回來，熊召喚獸竟然可以變小，我從來沒聽說過。」

「我倒是不知道牠們可以變大。」

兩人用不同的理由責備我。她們這麼說，我也很困擾。這種事情根本沒什麼好張揚的，這次也只是沒有機會提到而已。

「不過，牠們真可愛。」

露依敏撫摸熊緩的頭。

她的神情中沒有恐懼。

「對了，露依敏第一次見到熊緩的時候也沒有害怕呢。」

雖然她有些驚訝，但總比害怕好。別人害怕熊緩和熊急會讓我感到難過。

「精靈森林裡有很可愛的熊家庭，或許是因為這樣我才不會害怕。」

「牠們不會攻擊人嗎？」

「牠們是很親人的熊，不會攻擊人。而且就算被攻擊，我們也不會輸給熊。」

聽完，我感到安心。

就算是其他的熊，我也很高興牠們不會被害怕。

不過，熊確實是可怕的生物。

跟熊緩和熊急在一起，這部分的感覺會漸漸麻痺。

移動過程很順利，看到其他人的時候，我會稍微離遠一點，免得嚇到對方。

要是嚇到馬，讓馬失控就糟了。

我們在途中休息了幾次，每次都會輪流換乘熊緩和熊急。如果我只騎其中一方，另一方就會

熊熊勇闖異世界

鬧彆扭。

「牠們會鬧彆扭啊。這麼一想，真的很可愛呢。」

「這可不好笑。牠們鬧彆扭的時候就會不理我，要讓牠們恢復好心情可是很辛苦的。」

話雖如此，只要跟牠們相處一個晚上，牠們的心情大概就會恢復了。可是就算是這樣，我也不會刻意做出讓牠們心情不好的事。

休息了幾次之後，莎妮亞小姐談起了今天的行程。

太陽差不多要下山了。

「如果讓熊緩牠們繼續跑，應該就可以抵達下一個城鎮了。」

「今天要在那個城鎮過夜嗎？」

露依敏這麼問道。

城鎮啊。可以是可以，但我有點猶豫。

「可是其實還有一段距離，所以我覺得不要太勉強，今天在這附近露營比較好。妳們覺得呢？」

熊緩和熊急應該沒問題。牠們能繼續跑，一定可以抵達城鎮。不過，莎妮亞小姐是在體貼熊緩和熊急，不會因為牠們是召喚獸就勉強牠們繼續跑。莎妮亞小姐的心意讓我很高興。

「我可以露營。我不想勉強熊緩和熊急，而且今天一天就已經跑很遠了。熊緩和熊急好厲害。」

「是呀，我也沒想到今天就能來到這裡。這兩個孩子都不會累嗎？」

莎妮亞小姐用溫柔的眼神看著熊緩和熊急，這麼問道。

其實連我也不太清楚。而且，我也不想去測試熊緩和熊急的極限。

想要測試熊緩和熊急，就代表要勉強牠們。我不希望牠們做那種事，也沒打算讓牠們做。

所以就算牠們看起來並不累，我也會讓牠們休息，更不會讓牠們長時間用最快的速度奔跑。

「優奈也可以接受露營嗎？」

「既然要露營，可以去那個地方嗎？」

我指著的地方有幾棵樹能擋住熊熊屋，從道路這邊看過去是個死角。

雖然不知道還要多久才能抵達精靈村落，但今後也會需要露營。

既然如此，最好早一點說出熊熊屋的事。

「嗯，沒問題。那麼，我們今天就在那棵樹下露營吧。」

莎妮亞小姐不疑有他，接受了我的提議。

我移動到樹木附近後，對兩人這麼說道：

「莎妮亞小姐、露依敏，我有些話想說。」

「怎麼了？」

「我等一下要拿出一個東西，希望妳們不要告訴別人。」

「妳要拿出什麼？」

「雖然不太懂，但既然優奈小姐不想讓別人知道，我會保密的。」

露依敏馬上答應。

我轉頭望向莎妮亞小姐。

「我知道了，我也會保密。」

請兩人答應之後，我從熊熊箱裡取出旅行用的熊熊屋。

「……熊熊！」

「……房子！」

雖然兩人同時說出口的詞彙不同，卻一樣驚訝。

「優奈，這是什麼？」

莎妮亞小姐指著熊熊屋問道。

「這是房子啊。」

我也只能這麼回答。

「姊姊，在王都，房子是可以隨身攜帶的東西嗎？」

「一般來說是不可能的。不過，優奈的道具袋是最高級的道具袋，所以才辦得到吧？」

我這才想起來，打倒一萬隻魔物的時候，我曾經因為嫌麻煩而這麼說明過。

「最高級的道具袋嗎？」

露依敏看向熊緩、熊急、熊熊屋、熊熊玩偶手套，最後看向我。

「優奈小姐到底是什麼人？」

真是個難以回答的問題。

「我只是個普通的冒險者。」

我這麼含糊帶過，催促兩人進入熊熊屋。

兩人似乎還是滿腹疑惑，但沒有繼續追問下去。

224 熊熊和精靈姊妹一起洗澡

我把熊緩和熊急變成小熊，帶著莎妮亞小姐與露依敏走進熊熊屋。

「那麼，我去準備晚餐，妳們兩個人就隨便坐吧。」

「我來幫忙。」

「那我也要幫忙。」

聽到莎妮亞小姐說的話，露依敏也表示願意幫忙。

「不用了啦，妳們兩個人去休息吧。」

我請兩人去休息，在準備晚餐前走向浴室，先準備好洗澡水和毛巾。因為我想先泡個熱水澡再睡覺。

放好洗澡水之後，我回到廚房準備晚餐。

晚餐一如往常，是莫琳小姐烤的麵包和安絲煮的湯。我另外裝了一些蔬菜，注意營養均衡。

我把料理端到餐桌上。

「哎呀，看起來真好吃。」

「對啊。」

224 熊熊和精靈姊妹一起洗澡

「優奈，謝謝妳。」

「謝謝優奈小姐。」

「那我們開動吧。」

我們開始吃飯。

「真好吃。」

「熱呼呼的湯好好喝。」

「還有很多，想吃就跟我說一聲吧。」

「原以為要露宿野外，沒想到可以在房子裡吃飯呢。」

莎妮亞小姐重新環顧屋內。

「就算下雨，也不用擔心休息時會淋溼了。」

露依敏說得很感慨，我能想像她在旅途中被雨淋溼的樣子。

「而且這樣就不用守夜了吧。」

露依敏有點高興地這麼說。

不過，我可以理解露依敏的心情。我也不想要在凌晨守夜。

光是想像，睡魔就會侵襲我。

「就算有房子，也需要有人守夜吧？搞不好會有盜賊來襲擊呢。」

莎妮亞小姐的回應讓露依敏的臉上蒙上一層陰影。

「不用守夜沒關係，因為有牠們在。」

我看著窩在我腳邊的熊緩和熊急。

「熊緩和熊急嗎？」

「如果有危險，牠們會通知我，所以不需要守夜。」

或許是知道自己被提到，熊緩和熊急抬起頭來叫了一聲。

「熊緩和熊急真厲害。」

「真的很厲害呢。」

兩人佩服地看著熊緩和熊急。

「所以我們可以安心睡覺。」

「這樣或許就沒有必要停留在城鎮或村莊了呢。」

聽完我說的話，莎妮亞小姐這麼說道。

是啊，我們不愁沒有地方睡，熊熊箱裡放著糧食，也有浴室可以洗澡，我已經備齊了旅行所需的所有東西。這麼一想，或許真的沒有必要繞路到城鎮或村莊去過夜。

如果只是為了要過夜，我也不想要在城鎮中停留。

吃完飯的我們休息了一陣子。

露依敏正在跟熊緩和熊急一起玩，我和莎妮亞小姐看著她。

「對了，優奈，我們要睡在哪裡呢？我們睡在這裡當然也可以。」

「有房間可以睡，別擔心。不過在那之前，可以請妳們先洗澡嗎？」

「洗澡？」

「精靈該不會不洗熱水澡吧？」

我的腦中浮現在洗著冷水的精靈的畫面，說不定精靈是不洗熱水澡的。

「我們會洗呀。可是妳說洗澡？」

看來精靈也會洗熱水澡。

「那麼，我已經放好洗澡水了，請妳們先洗過再睡覺吧。」

我們整個白天都騎著熊緩和熊急移動，大家應該都流汗了。上床睡覺之前，我希望她們可以把汗水洗掉。

「我不是那個意思，這個房子裡有浴室嗎？」

「有啊。」

我帶著兩人來到浴室。

「請使用那邊的毛巾。妳們有帶替換衣物吧？睡覺時請把髒衣服換掉。」

我希望她們穿著乾淨的衣服睡覺。

我說明完後，莎妮亞小姐和露依敏用疑惑的眼神看著我。

「優奈，我可以說句話嗎？」

「什麼?」

「這實在是太沒有常識了。」

好奇怪,我說的明明是常識,卻被當成沒有常識的人了。

不過,這讓我想起以前曾經和克里夫有過類似的對話。

「姊姊,這不是王都的常識吧?」

「這才不叫常識呢。」

我被說得好慘。

「總之,請妳們慢慢泡澡,順便消除疲勞吧。我想妳們兩個人一起泡也沒問題。」

我過去也曾經和菲娜、諾雅三個人一起泡澡。

所以,浴池的空間非常充足。

「別說兩個人了,三個人好像也沒問題。難得有這個機會,我也想和優奈聊聊,優奈也跟我們一起洗吧。」

莎妮亞小姐往浴室探頭望去,這麼說道。

「我等一下再洗就好了。」

「不行啦,那樣也應該是我們晚一點洗。我們可不是客人。」

「對啊。我可以幫優奈小姐洗背喔。」

「不用幫我洗啦。」

就連露依敏都說出這種話。

我試著說服她們讓我獨自入浴，卻完全失敗，結果還是三個人一起洗了。

莎妮亞小姐不愧是精靈，身材非常好。雖然胸部並不算大，卻很苗條，腰相當細。淡綠色的長髮披在背上，很有成熟女性的氣質。

露依敏的體態還留有一點稚氣，卻非常纖瘦。看她胸部的大小，我想我們應該能成為朋友。

話說回來，姊妹倆的體型這麼瘦，難道精靈都是不會胖的體質嗎？

我也沒有在漫畫或遊戲裡看過肥胖的精靈。

我也脫掉布偶裝，露出裸體。露依敏看著這樣的我。

「優奈小姐，妳的頭髮好漂亮。」

「露依敏的頭髮也很漂亮啊。」

因為是姊妹，露依敏也和莎妮亞小姐一樣有一頭漂亮的秀髮。

露依敏和我已經準備好了。我望向莎妮亞小姐，發現她正在脫下戴在手腕上的手環。

手環上鑲著漂亮的綠色寶石。不愧是成熟的女性，她戴著的手環有漂亮的裝飾，造型很時髦。

「那麼，我先進去嘍。」

脫掉衣服的露依敏走進浴室。

在那瞬間，莎妮亞小姐抓住露依敏的手。

「露依敏，等一下。」

「怎麼了，姊姊？」

「妳的手環呢？」

莎妮亞小姐提到手環這個詞的瞬間，露依敏的臉色變了。

「我先前都沒有發現，妳怎麼沒有戴著手環？」

「那是因為……」

露依敏支支吾吾。

手環指的是莎妮亞小姐戴的那種漂亮手環吧。

「妳的手環呢！」

「姊姊，好痛喔。」

氣氛突然變得緊張。

「我不太清楚狀況，不過可以邊泡澡邊談嗎？」

我實在不想繼續裸體站在更衣間。

莎妮亞小姐似乎可以理解我的話，放開了露依敏的手。

我們在洗身體的時候，莎妮亞小姐一直瞪著露依敏，露依敏則一直縮著身體洗澡。

嗯～事情果然跟莎妮亞小姐戴著的手環有關係吧？

那個手環那麼漂亮。

從露依敏的反應看來，可能是弄丟了吧？

「露依敏，妳要洗到什麼時候？快點過來這裡說明。」

莎妮亞小姐對遲遲不靠近浴池的露依敏說道。

露依敏膽怯地踏進浴池。

「好了，可以說明了嗎？妳為什麼沒有戴著手環？」

「……我把它賣掉了。」

「……露依敏！妳到底知不知道那個手環對我們精靈來說有多麼重要！」

「對不起。」

露依敏縮著身體道歉。

「告訴我詳細情形。」

根據露依敏的說明，她似乎是花光了前往王都的資金。她正在尋找賺錢的方法時，有冒險者主動向她攀談。

對方提了一個賺錢的方法。

「那是什麼方法？」

「是搬貨物和整理貨物的工作。」

那些貨物中有一幅貴重的畫，而露依敏在整理的時候不小心把畫弄破了。

聽到這裡我就懂了。

「我沒有錢可以賠償。」

「所以妳才會賣掉手環吧。」

聽完這番話，莎妮亞小姐嘆了一口氣。

露依敏輕輕點頭。她抱著雙膝坐在浴池裡。

「唉，我了解了。不過，一定要拿回來才行。」

「可是我沒有錢啊。」

「那點錢我還有，交給姊姊處理吧。」

「姊姊，對不起。」

事情好像順利平息了。

看來似乎不必在緊張的氣氛下繼續旅行了。

應該可以暫時放心了吧。

「那個手環是很重要的東西嗎？」

「在我們的村落是很重要的東西。手環是父母送給我們的。」

她們說父母會在孩子出生後配戴一種叫做精靈石的石頭，然後在孩子滿十歲的時候用這種精靈石製作飾品，送給孩子。

順帶一提，就算不是手環也可以。聽說也有人會做成項鍊或是髮飾。

「明明是父母祈求孩子平安的重要禮物，這孩子竟然……」

「對不起。」

「算了，我知道妳不是故意賣掉手環。我都忘了妳有多冒失。」

咕嚕咕嚕。

露依敏把半張臉浸泡在水裡，用嘴巴吹出氣泡。

「不過，我希望妳不要隱瞞，主動告訴我。」

莎妮亞小姐溫柔地把手放在露依敏的頭上。

「我已經知道那種飾品對精靈來說很重要了。不過那個手環有貴重到可以賣錢嗎？」

就算對精靈來說有價值，對普通人來說也不一定有價值。

雖然我不知道高級的畫價值多少錢，但若是要賠償，手環沒有價值是賣不出去的。

「戴上手環的人可以受到風的庇佑。」

「風的庇佑？」

「簡單來說，就是可以強化風魔法。所以如果是知道這件事的人，就會想要出錢買。」

那是什麼強化裝備？

我有點想要。

不過，強化現在的熊熊裝備可能也沒有意義吧？

現在的熊熊裝備已經很強了。如果是玩遊戲，我就會想要這種裝備。

精靈姊妹順利和好，走出浴池。

我猶豫要換上白熊服裝還是黑熊服裝，最後決定繼續穿黑熊服裝。

因為要是被兩人看到白熊服裝，應該會有點麻煩。

我用吹風機把頭髮吹乾，然後帶著兩人前往房間。這是克里夫等人用過的房間。房間已經打掃過，床單也洗過了。

應該沒有留下男人臭吧？

「有床舖耶。」

「我們可以使用這個房間嗎？」

「妳們可以自由使用。」

兩人走進房間。

「熊緩和熊急載著我們移動，還幫忙守夜，另外還有熱呼呼的食物和洗澡水，連溫暖的被窩都有。我都不知道到底是誰帶誰去旅行了。」

雖然莎妮亞小姐這麼說，但我沒辦法一個人前往精靈村落，我需要有人帶路。

「如果遇到魔物，我會保護優奈小姐的。」

看到露依敏高舉拳頭，莎妮亞小姐微微一笑。

225 熊熊躲雨

旅行期間不能睡過頭，所以我設定了熊緩&熊急鬧鐘。

到了早上，我被一如往常的肉球拳打醒，向熊緩和熊急道謝後走到一樓。

「優奈，早安。」

「優奈小姐，早安。」

我走到樓下，莎妮亞小姐和露依敏已經起床了。

「妳們真早。」

「是露依敏叫醒我的。還有，雖然味道比不上妳做的菜，但我準備了早餐，妳願意吃嗎？」

餐桌上擺著三人份的麵包和飲料。

我決定心懷感激地享用，於是在椅子上坐下。

「妳們睡得好嗎？」

「嗯，躺在那麼舒適的床鋪上，不可能睡不著的。」

「對啊，被窩軟綿綿的。」

「幸好我有先曬過棉被。」

我一邊吃著莎妮亞小姐準備的麵包，一邊聽她們說話。

麵包果然還是莫琳小姐做的比較好吃。雖然莎妮亞小姐準備的麵包不難吃，但還是比不上莫琳小姐的麵包。

吃完早餐的我們朝精靈村落出發。

我們要去的地方是國境城市拉魯滋。那裡是我們要前往的城市，也是露依敏在工作時把畫弄破，為了賠償而賣掉手環的城市。

「嗯～去問買下手環的商人之前，或許應該先向冒險者打聽看看。既然是冒險者提出的工作機會，對方應該會知道詳細情形。」

「姊姊是指那些冒險者嗎？」

「是呀，那樣可能會跟商人談得比較順利。」

莎妮亞小姐問了關於冒險者的問題。

「成員只有女性，隊長是米蘭妲小姐。我在冒險者公會傷腦筋的時候，是她們幫助我的。她們聽說我缺錢，就邀請我一起工作。她們很親切地教了我關於工作上的事，是一群好人。」

露依敏帶著笑容說著關於那些冒險者的事。

「可是因為我的疏忽，給她們添了麻煩。」

「我記得妳說工作的內容是搬運和整理貨物吧？」

「對，工作內容是搬貨物，把東西整理好。」

露依敏似乎就是在整理貨物的時候把畫弄破的。

嗯～只聽這些資訊，我忍不住猜想冒險者和商人其實是一夥的，目的是欺騙露依敏。

冒險者可能知道露依敏的手環是什麼樣的東西，故意讓露依敏弄壞廉價的畫，要求她賠償。

這在漫畫或小說裡是很常見的手段。

不過，我並沒有證據，露依敏似乎也很信任那些冒險者。

我會這麼想，是因為受到漫畫和小說、遊戲影響太多了嗎？

「那商人呢？只要付錢就會把東西還給妳嗎？」

「我想應該會……」

那就沒問題了。

「可是商人說那個手環有價值，會有人想要……」

那樣不行啊。

該不會早就被賣掉了吧？

「我們只能祈禱手環還沒有被賣給別人了。」

現在的我們的確只能祈禱，然後盡量快點趕到了。

就算真的被賣掉了，也只要買回來就好。

要是被拒絕了，艾蕾羅拉小姐給我的家徽小刀或許能派上用場。

225
熊熊躲雨

就像拿出免死金牌一樣，說出「膽敢不還，佛許羅賽家就會……」之類的話。不過，用在這種地方真的好嗎？

要是用了，好像會漸漸累積某種看不見的東西，有點可怕。算了，就把這東西當作最後手段吧。

我請熊緩和熊急加快速度。

「牠們真的跑得很快呢。」

「對啊。熊緩和熊急可以跑這麼久，真厲害。」

「我沒想到竟然會這麼快。」

我們順利地前進著，前方的天色卻開始變化。雲層變得灰濛濛的，就算我不是氣象預報員，也知道快要下雨了。

「我還以為靠熊緩牠們，今天就能抵達目的地了。」

就算是我也不可能戰勝大自然，更不會使用改變天氣的魔法。如果能操控天候的話，我就是神了。

我想著這些事時，天空開始落下雨滴。雨滴打在熊熊裝備上，卻沒有滲透到裡面，而是往下滑落。

我再度望向天空，演變成滂沱大雨也只是時間的問題。

「優奈，可以拜託妳拿房子出來嗎？」

莎妮亞小姐提議用熊熊屋躲雨。

當然，我答應了。

我不想讓熊緩和熊急在雨中奔跑，我自己也不想。

我開始在雨勢變大以前尋找擺出熊熊屋也不顯眼的地點。

「熊緩，往那邊跑。」

我用熊熊玩偶手套指向的地方有一些樹木，很適合放置熊熊屋。熊緩叫了「咿～」的一聲，加快速度。

「好像勉強趕上了。」

我們在雨勢開始變大之前逃進熊熊屋。

姊妹倆跑進屋裡時都有點淋到雨。我多虧有熊熊裝備，並沒有淋溼。熊緩和熊急似乎也沒淋到雨。

「這棟房子真的很方便呢。」

「如果是平常，應該會淋得更溼吧。」

「就算躲到樹下也沒辦法完全擋住雨，要是還吹起強風的話，那就完全沒轍了。」

「這場雨會馬上停嗎？」

外頭已經是傾盆大雨的狀態。

要是再慢一點，我們就要變成落湯雞了。

「看那些烏雲，應該是沒有那麼快停。」

我替正在對話的姊妹倆泡了熱呼呼的紅茶。

的確，從烏雲的狀態來看，今天一天應該都不會停了。希望至少能在明天早上就停。

莎妮亞小姐說不必勉強趕路，所以我決定悠閒地度過今天。

姊妹倆開始開心地聊天。

她們已經這麼久沒有見面，應該累積了不少話題。待在王都的時候，因為莎妮亞小姐要工作，她們似乎沒什麼時間聊天。

她們兩個人應該有很多想說的話，反正我們正巧被大雨困住，我決定讓姊妹倆獨處。

我對她們說我要去房間裡休息，帶著熊緩和熊急走向房間。

我一走進房間便坐到桌子前，然後從熊熊箱裡取出紙張，開始製作我一直想做的撲克牌。

我把撲克牌的四種圖案畫成這個世界熟悉的火、水、風、土的圖案。

問題是Ｊ、Ｑ、Ｋ要畫成什麼樣子。用國王或克里夫當圖案也沒什麼意思，而且有可能引發問題，所以我不採用這個點子。

說到圖案，我也只想得到「熊」。

我做撲克牌是要拿來跟孤兒院的孩子們或菲娜一起玩，所以比起國王或克里夫，熊的圖案比較好。事到如今，我也不會再否定熊了。

於是我把Ｋ、Ｑ、Ｊ的圖案畫成二頭身的熊。

外頭下著大雨，我在房間裡默默地畫圖。

我讓熊國王戴上王冠，讓熊皇后穿上女王般的禮服，讓熊騎士持劍。

當然了，鬼牌也是熊。

背面還是空白的，如果可以印刷的話，我想印上熊的圖案。我也畫了背面的圖案作為樣本。

我正在專心畫圖的時候，突然有東西撲到我的背上。

我轉頭一看，發現是熊緩。

「怎麼了？」

叩叩。

熊緩回應我之前，我注意到敲門的聲音。

「優奈小姐，妳在嗎？該不會是在睡覺吧？我要開門了喔。」

房門被打開，露依敏走了進來。

「露依敏，怎麼了嗎？」

「優奈小姐，既然妳醒著，就回我一聲嘛。」

「抱歉，我太專心做事，沒有發現。」

我把散落在桌上的撲克牌蒐集起來，收進熊熊箱。

「好了，妳有什麼事嗎？」

我再度發問。

「晚餐要怎麼辦呢？」

「已經到晚餐時間了嗎？」

我往外看，可能也是因為有雨雲的關係，天色一片漆黑。雨還在下個不停。這場雨可能會下到明天早上吧？

我和露依敏為了準備晚餐，走到樓下。熊緩和熊急也跟在我們身後。

抵達飯廳後，我們開始著手準備餐點。

所謂的準備幾乎都只是從熊熊箱裡拿出食物，不用費什麼工夫。真的該好好感謝熊熊箱。

我吃完晚餐，正在休息的時候，出去外頭觀察情況的莎妮亞小姐回來了。

「雨下得這麼大，就算明天能抵達拉魯滋城，應該也暫時走不了了。」

「是嗎？」

「我沒有說過嗎？拉魯滋城有一條大河，想去鄰國就要搭船。所以就算雨停了，我想船應該也暫時沒辦法開。」

我根本沒聽說過。

不過，有河啊……

大雨之後，河水會變得湍急，的確很危險。在原本的世界，我也經常聽說有人被河水沖走的新聞。

莎妮亞小姐喝著紅茶，告訴我關於拉魯滋城的事。

她說拉魯滋城有一條很大的河，而那條河就是國與國的邊界。河的另一側就是鄰國——索澤納克國。

想去索澤納克國就要搭船。

河的另一側有很大的城市，城市之間有很深的交流。

聽完這些話，我覺得有點期待。那裡應該能找到這兩個國家的各種東西。

我想在那裡設置熊熊傳送門，當作中間地點。等到了城市再考慮看看好了。

「露依敏也是坐船來的嗎？」

「對，我是坐船來的。船很大，還載得下好幾輛馬車呢。」

那麼大啊。看來那不是小型的人力船，而是堅固的大船呢。

226 熊熊抵達拉魯滋城

隔天起床時雨已經停了，天空卻還是烏雲密布。

雖然可以出發，卻是隨時都有可能下雨的狀態。不管怎麼樣，我們決定先盡量前進。

因為昨天的雨，地面變得非常泥濘。有些地方積水很嚴重，甚至無法讓馬車通行。

騎著熊緩和熊急的我們可以前進，但熊緩和熊急的腳會弄髒。特別是熊急，汙泥沾在白毛上很明顯。雖然只要召回就會變乾淨了，但有點可憐。

加快速度就會讓泥水濺起，所以我請牠們慢慢跑。

經過幾次的休息，我們終於看到包圍城市的外牆。天空彷彿快要下起雨，幸好能在下雨前抵達目的地。

「看到了。」

繼續騎著熊緩和熊急會引發騷動，所以我把我想召回牠們的事情告訴莎妮亞小姐。

「說得也是。要是繼續靠近，被別人看見，或許會引發騷動。」

我們從熊緩和熊急身上下來。

「謝謝你們載我們到這裡。」

露依敏向熊緩和熊急道謝。莎妮亞小姐也跟露依敏一樣道謝，撫摸熊緩和熊急。

我也表達感謝之意，然後召回牠們。

「那麼，我們走吧。」

我們接下來要用走的前往拉魯滋城。

既然已經可以看見城市，距離應該不遠。更靠近城市後，我們看見離開城市的馬匹。

莎妮亞小姐說平常會有很多人出入城市，今天卻很少，原因似乎是因為昨天的雨。對我來說，不用排隊幫了大忙。

我們來到門前，一個要進城的人都沒有，所以我們不用等，馬上就進入了城市。

接待我的守衛目瞪口呆。

「小姑娘，妳這是什麼打扮？」

「這是熊啊。」

這已經是家常便飯了，我也只能這麼回答。

「妳穿成這副模樣來到這裡嗎？」

「我希望你不要過問太多。」

「這樣啊，看來妳也有什麼苦衷呢。」

守衛似乎擅自得出了結論，沒有繼續追問下去，於是我把公會卡放到水晶板上。

當然，水晶板並沒有變成代表罪犯的紅色。

守衛說了一句「妳可以進城了」。

看守大城市的大門，應該會遇到各式各樣的人吧。因此，他們視而不見的技術應該也很高超。

這樣正合我意，所以我不發一語地走進城市。

一走進城裡，眾人的視線瞬間集中到我身上。

「大家都在看優奈小姐呢。」

「大家都在看優奈呢。」

嗯，大家都在看我。

有個穿著熊熊布偶裝的女生突然從城外走進來，任誰都會看。

這已經是家常便飯了。

後來，我們訂了旅館，決定直接前往冒險者公會。這是為了盡早見到和露依敏一起工作過的冒險者。

「優奈，妳要在旅館等嗎？」

這句話翻譯過來的意思是「跟妳在一起太丟臉了，請妳待在旅館等待」嗎？

我也想去冒險者公會。

身為一個前重度遊戲玩家，我都來到這裡了，不可能窩在旅館。

而且我也很在意那些找上露依敏的冒險者，她們有可能會直接去找商人。

如果露依敏是我不認識的陌生人，我不會在意。可是我們一起旅行到這裡，拉近了距離。可以的話，我想要一起去。

「不會造成麻煩的話，我想一起去，但如果莎妮亞小姐希望我待在旅館，我會忍耐的。」

我的回答好像出乎莎妮亞小姐的意料，她有點慌張地否認了。

「優奈，對不起，我不是那個意思。其他人不是都用異樣的眼光看著妳嗎？所以我想妳應該不想遭到那種眼光看待。我只是覺得既然如此，妳待在旅館可能會比較輕鬆。」

看來是我誤會了，莎妮亞小姐好像是在替我著想。

「這對我來說很平常，沒關係的。妳們不排斥的話，我想一起去。」

「我沒問題。」

「露依敏？」

「放優奈小姐一個人在旅館等太可憐了，我們一起去吧。」

露依敏溫柔地對我這麼說。

我有點高興。

「也對。既然這樣，我們三個人一起去冒險者公會吧。」

兩人溫柔地說道，和我一起前往冒險者公會。

可是，幾分鐘後。

「大家都在看優奈小姐呢。」

「大家都在看優奈呢。」

兩人說著和剛才相同的話。

不管是路過的人、停下腳步的人，視線全都向我投射。

我把熊熊連衣帽盡量往下拉，遮住臉部。

「我們走快一點吧。」

「嗯。」

兩人像是要逃離眾人的視線般快步往前走。

我應該離她們遠一點嗎？

我這麼想著，稍微遠離兩人。

「優奈小姐，妳在做什麼？我們要走快一點。」

注意到我離她們有段距離的露依敏跑到我身邊，抓住熊熊玩偶手套，開始拉著我走。

看來她並沒有發現我的顧慮。不過，露依敏的這個舉動也讓我有點高興。

露依敏拉著我，抵達冒險者公會。

這裡的冒險者公會跟王都的冒險者公會差不多大。

「我去跟這裡的會長打聲招呼，露依敏就去找那些冒險者吧，至於優奈……」

莎妮亞小姐看著我，陷入沉默。

這段沉默是什麼意思？

「小心別惹上麻煩喔。」

真是困難的要求。

我平常也不是自願被捲入麻煩事的，是麻煩會主動靠近我。

不過，如果要怪我穿著熊熊服裝的話，我也無話可說。

不管怎麼樣，我答應會盡量小心。

和要去見公會會長的莎妮亞小姐道別後，我跟露依敏一起去找冒險者。

如果冒險者騙了露依敏，我得給予對方相應的制裁。

走進公會以後，集中到我身上的視線比起外頭來得更多了。

「熊？」「那是什麼打扮？」「那是熊吧。」「女孩子？」「為什麼會跑到冒險者公會？」「好可愛。」「露依敏？」「是熊呀。」

朝我而來的話裡面混著一個不同的詞彙。

我正在尋找聲音的主人時，對方主動走過來了。

「米蘭妲小姐？」

「果然是露依敏。」

露依敏的視線前方有個年齡約二十出頭的女性冒險者。

「露依敏真的在這裡嗎？」

「真的在耶。」

從露依敏稱之為米蘭妲的人身後走出兩名女性。

「米蘭妲小姐，好久不見了。」

「還說什麼好久不見。妳擅自消失，我很擔心耶。」

名叫米蘭妲的女性冒險者用力抱緊露依敏。

「我、我不能呼吸了。」

被用力抱緊的露依敏露出痛苦的表情。不過，對方很快就放開了她。

「真是的，讓別人這麼擔心。」

「對不起。」

露依敏對名叫米蘭妲的人道歉，另一名女性就靠了過來。

「就是嘛。而且妳還擅自把重要的手環交給多古路德先生。」

女性用手捏起露依敏的臉頰往左右兩邊拉扯。

「對、對不擠。我只是不想給大家添麻煩。」

「就算是這樣，妳也不可以不跟我們商量就消失啊。」

「對不擠。」

露依敏總算從捏臉攻擊中解脫。

「不過，幸好妳沒事。」

這次她溫柔地抱住露依敏。

「妳後來有順利抵達王都嗎？」

穿著魔法師服裝的女性這麼問道。

「有，好不容易才到了。」

「艾莉愛兒她啊，還說要追上去找妳呢。」

「妳們還不是一樣很擔心她。」

「那當然了。」

這些人就是關照過露依敏的冒險者啊。

從她們和露依敏的對話聽來，實在不像是會把手環騙走的人。她們好像真的很擔心露依敏，看來是我杞人憂天了。

「對了，露依敏，這個打扮成熊熊的可愛女孩是妳的朋友嗎？」

她們的視線集中到露依敏旁邊的我身上。

「是的，她和姊姊跟我一起從王都來到這裡。」

「她打扮得好可愛喔。」

對於這句話，露依敏不肯定也不否定，只是笑著帶過。

米蘭妲小姐看著我，於是我向她們打招呼。

「我是優奈。我跟露依敏和她的姊姊一起來到這裡。」

「我是米蘭妲。我們跟露依敏短暫工作過一段時間。」

「我是艾莉愛兒。妳打扮得好可愛喔。」

她漸漸逼近我。

我後退了一步。

「妳看，人家嚇到了啦。離遠一點，離遠一點。我是夏菈，請多多指教嘍。」

自稱夏菈的女魔法師拉住想要擁抱我的艾莉愛兒。

「她打扮得這麼可愛，怎麼可以不抱一下嘛。」

「不要那麼極力主張！對不起喔，艾莉愛兒喜歡可愛的女孩子。」

夏菈小姐揍了艾莉愛兒小姐的頭，對我道歉。

聽到她那麼說，我遠離艾莉愛兒小姐一步。

「請不要誤會了，我是異性戀。」

我再退一步。

「嗚嗚~不要後退嘛。只要讓我抱一次就好了。拜託讓我摸摸啦。」

周圍傳來一陣笑聲。

「我還在想怎麼這麼吵，果然是因為優奈啊。」

莎妮亞小姐回來了。這個人怎麼突然跑出來說這種話？這次可不是因為我。

「莎妮亞小姐，妳那邊的事情已經談完了嗎？」

「是呀，談完了。妳們該不會就是關照過露依敏的冒險者吧？」

莎妮亞小姐看向和我們待在一起的女性冒險者們。

「是的，她們是米蘭妲小姐等人。」

露依敏分別介紹她們。

「我妹妹好像受妳們照顧了，謝謝妳們。」

「不，很抱歉讓露依敏賣掉她的手環。」

莎妮亞小姐和米蘭妲小姐開始互相打招呼。

227 熊熊與商人交涉 其一

莎妮亞小姐說她在公會借了會議室，於是我們決定到會議室裡談話。

然後，聽完整件事的經過，莎妮亞小姐露出傻眼的表情。

據她們所說，不小心把畫弄破的露依敏為了避免給米蘭姐小姐等人添麻煩，把手環交給商人，什麼也沒有對米蘭姐小姐等人說就離開了城市。

「因為我不希望我犯的錯會給大家添麻煩嘛。」

「我們不是說要大家一起商量嗎？」

「…………」

露依敏低下頭，不敢看大家的臉。

「我們跟多古路德先生問過關於手環的事，才知道那對精靈來說是很重要的東西。」

「都是因為我們邀請妳一起來工作，才會發生這種事，我們所有人都有責任。」

米蘭姐小姐說完，另外兩個人也接著對露依敏這麼說道。

「可是，弄破了畫是我的錯，不是米蘭姐小姐妳們的錯。」

「是我們找妳來的，我們也有責任。」

「可是，那種金額……」

「是很多沒錯。」

「就算是這樣，妳也不能不告而別啊。妳知道我們有多擔心嗎？」

「對不起。」

露依敏縮起身體，小聲道歉。

天啊，我在心中對這三位冒險者謝罪。

抱歉懷疑妳們想騙走露依敏的手環。抱歉懷疑妳們和黑心商人勾結。

從露依敏口中聽說事情經過的時候，我覺得她肯定是被壞冒險者騙了。實際上，這些冒險者是發自內心地擔心露依敏。她們主動關心在冒險者公會到處找工作的露依敏，得知她沒有錢前往王都，便邀請她一起工作。露依敏在工作時闖禍，她們也願意和她一起思考怎麼善後。

在原本的世界，如果相識不久的人犯錯而欠下欠款，應該沒有人願意與他一起承擔，不可能不把責任推給當事人。

她們繼續說到露依敏離開城市後的事，我不禁懷疑起自己的耳朵。

「這麼說來，手環沒事吧？」

「是的，得知露依敏留下手環後消失的事，我們跑去跟多古路德先生交涉，拜託他不要把手環賣給別人。」

「雖然不知道要花多久的時間，我們打算把它買回來。」

「像我們這種低階的冒險者，不知道要賺到什麼時候就是了。」

「各位……」

露依敏熱淚盈眶，看著米蘭妲小姐等人。

沒錯，這些人為了拿回露依敏的手環，跟商人交涉過了。

她們告訴商人，自己總有一天會買回來，希望他別賣掉手環。

真是傻瓜。坦白說，她們真的是傻瓜。普通人根本不會想幫才剛認識不久的陌生人把手環買回來。

……可是，我並不討厭這樣的傻瓜。

「謝謝妳們為我妹妹做了這麼多，我要重新向妳們道謝。」

「不，畢竟我們還沒有把手環買回來。」

「光是阻止商人把手環賣給別人就足夠了。」

一點也沒錯。

如果米蘭妲小姐等人沒有幫忙交涉，手環說不定已經被賣給別人，再也買不回來了。

「我一定會答謝妳們的。」

「我們這麼做並不是因為想要謝禮……」

「要答謝的話，請讓我抱一下優奈吧。」

另一個人說了和米蘭妲小姐不同的話，我就當作耳邊風吧。

一定是錯覺。

艾莉愛兒小姐看著我，但我把熊熊連衣帽往下拉，遮蔽她的視線。

談話結束後，莎妮亞小姐介紹了這個城市的公會會長給我認識。

感覺就像是要提醒對方，這裡有隻這樣的熊，要是惹出麻煩就請你們處理一下了。

畢竟是莎妮亞小姐的請求，拉魯滋城的公會會長勉強答應了。

這樣一來，我放手大鬧也沒問題了吧？

談話結束，離開冒險者公會的我們跟著米蘭姐小姐一起去找商人，要把手環買回來。

「這裡就是多古路德先生的店。」

我們來到的地方是人潮多，地理位置很好的店。而且，店門口停著大型的馬車，馬車有著漂亮的裝飾，就像是在宣傳上頭坐著多麼有錢的人一樣。

因為賣的是昂貴的商品，客群也都是這類人嗎？

我正在看著馬車的時候，米蘭姐小姐帶頭領著眾人走進店裡。我也跟了上去，免得被丟下。

「歡迎光臨。」

我們一走進店裡，看似店員的青年便向我們打招呼。

青年發現走進店裡的人是米蘭姐小姐。

「米蘭姐小姐，今天有什麼事嗎？」

「多古路德先生在嗎？」

「是，他在。我馬上去叫他。」

青年走向店內深處叫人。我們稍微等了一下子後，一個三十歲前後的苗條男性和青年一起走了過來。米蘭妲小姐走向那名男性。

「多古路德先生。」

看來這個人就是這家店的主人，也就是持有露依敏的手環的多古路德先生。

「哎呀，米蘭妲小姐，今天有什麼事嗎？連露依敏也在！」

名叫多古路德的男性注意到和米蘭妲小姐在一起的露依敏。

他當然也有注意到我，但聽到露依敏所說的話，他的視線又回到露依敏身上。

「上次真的很抱歉。」

露依敏低下頭。

「多古路德先生，你沒有賣掉露依敏的手環吧？」

「是啊，沒有。」

「太好了。」

所有人臉上都浮現安心的表情。幸好真的沒有被賣掉。

莎妮亞小姐站到露依敏身邊，向多古路德先生打招呼。

「我是這孩子的姊姊，名叫莎妮亞。我會賠償這孩子弄破的畫，可以請你把手環還給她嗎？」

「露依敏的姊姊？」

多古路德先生轉頭望向露依敏。露依敏輕輕點頭。

「這樣啊。祿特，店裡就拜託你了。請各位進入這邊的房間。關於那件事，我想跟各位談談。」

我們被帶進深處的房間。這個房間很寬敞，中央放著長方形的桌子，左右都擺著椅子。這裡好像是多古路德先生的工作室。

「請坐。」

多古路德先生走到最深處，在自己的位子上坐下，我們則是各自坐在桌子周圍的椅子上。

多古路德先生的視線不時瞄向我，應該不是我的錯覺。

「那麼，請問要支付多少錢，你才願意把露依敏的手環還給她呢？」

多古路德先生聽到莎妮亞小姐這番話，低下頭迴避她的視線。

「真的很抱歉，我沒辦法歸還那個手環了。」

「等一下！那是什麼意思？你不是答應我們，不會把露依敏的手環賣掉嗎？」

米蘭妲小姐站起來，用力敲打多古路德先生面前的桌子。

「對不起。」

多古路德先生再次道歉。

「為什麼？你明明答應我們不會賣給別人，露依敏的姊姊也說她願意付錢了。」

「那是因為……」

「可以請你說明一下嗎？」

莎妮亞小姐用沉穩的聲音這麼問道。

米蘭妲小姐回到自己的位子上，再次坐下。

「露依敏小姐弄破的那幅畫原本是預定由某位人士買下。那位人士一聽說買不到畫，就提出了交換條件。」

「條件？」

「是的，對方注意到放在這個房間裡的露依敏小姐的手環，便表示想要買下來。我當然拒絕了，但沒能交出那幅畫是我們有錯在先，於是最後也只好答應。」

「可是，我們幾天前見面的時候，你還說沒問題啊。」

「是的，因為我也提出了其他的條件。我說我們會準備同一位作者的畫，希望對方能放棄露依敏小姐的手環。」

「既然這樣……」

「那幅畫原本預定在昨天從索澤納克國抵達這裡，所以我才會說沒問題。可是……」

「該不會是因為下雨吧？」

「是的，河水湍急，船隻無法出航，沒能將畫送來。而且，約定的期限只到今天的傍晚。」

「怎麼會……」

這麼說來，畫已經送到河川對岸的城市了吧。

「沒有其他辦法了嗎？」

「我已經確認過船隻出發的可能性，但還需要再觀察幾天情況。」

好吧，考慮到安全，這也是沒辦法的事。

在河水湍急時出航是很危險的。

「你不能想想辦法嗎？」

「除非畫能在今天傍晚前送到，否則別無他法。先前已經毀約一次，不能再毀約了。」

「能不能請對方再等幾天？」

「我已經請對方等很久了。」

「可是，原因是在於下雨吧。」

「那也包含在期限以內。以為能夠勉強趕上是我的過失。」

「沒有那回事，多古路德先生已經為露依敏的手環做了很多事。光是如此，我就感激不盡了。」

莎妮亞小姐向多古路德先生表達謝意。

「能聽到妳這麼說，我很欣慰。」

多古路德先生做了這麼多，沒有人能對他有怨言。

「那麼，那位買家是誰呢？可以交涉嗎？」

莎妮亞小姐問道。

既然她是王都的冒險者公會會長，具有一定的權力，或許可以跟對方交涉。我也持有免死金牌，搞不好也能稍微交涉看看。

「買家是這座城市的大商人——雷多貝爾。」

「雷多貝爾……」

「為什麼會冒出那種傢伙啊。」

米蘭姐小姐非常不甘心地這麼說。

「他是誰？」

「這座城市的其中一名勢力龐大的商人。」

看來對方是個名人。

「連莎妮亞小姐也沒輒嗎？」

「我只對冒險者公會有影響力。如果是勢力龐大的商人的話……」

那我的免死金牌如何呢？

雖然我有點想試試看，但也有可能對大人物無效。

房間被沉默籠罩。

不過，解決方法很簡單，根本沒必要煩惱。

「總之只要渡河到隔壁城市，把畫拿來就行了吧？」

我打破沉默，首次開口說話。

「優奈？」

「我去拿過來。要去哪裡拿？畫就放在河川對岸的城市吧？」

「沒有船能出航，妳要怎麼去！難道要在水裡游，或是在天上飛嗎！」

多古路德先生用稍微強硬的語氣這麼說。他可能是覺得我把事情想得太簡單了吧。

「我沒有要在水裡游，也沒有要在天上飛。」

擊退魔偶的工作結束後，我習得了新的技能，這是第一次派上用場。

那個技能就是「熊熊水上步行」。

228 熊熊與商人交涉 其二

技能：熊熊水上步行。

可以在水面上移動。

召喚獸也可以在水面上移動。

雖然我早就學到這個技能，卻一直沒有機會用到。

我曾經在克里莫尼亞附近的河川用過一次，非常好玩。

我在水上跑步、跳躍，嘗到彷彿成為了忍者的感覺。我還騎著熊緩和熊急往河川的上游攀登，普通人絕對沒辦法體驗這種事。

如果我對付克拉肯的時候就已經學會這個技能，說不定能用不同的方式戰鬥。

不過，反正我已經用那個方法順利打倒克拉肯了，所以沒有問題。

「優奈，妳是認真的嗎？」

「優奈小姐，請不要為我的手環勉強自己。」

精靈姊妹很擔心我，但我並沒有勉強自己。

如果要形容，就像是跑過一段會動的道路。就算河水湍急，也跟跑在凹凸不平的路上沒有兩樣。就算距離再怎麼長，頂多也只有幾百公尺。

我想應該不用幾分鐘就能過河了。

沒有任何問題。

「優奈，妳有什麼主意嗎？」

莎妮亞小姐用認真的表情這麼問我。如果可以不必跟對方扯上關係，莎妮亞小姐應該也不想勉強跟想要手環的商人談。她也會想要避免麻煩事吧。

「沒問題的，交給我吧。」

我帶著笑容這麼說，讓她安心。

「我知道了，我相信妳。」

莎妮亞小姐下定決心，望向多古路德先生。

「多古路德先生，關於那幅畫的事，可以交給我們處理嗎？」

「交給妳們？妳們打算怎麼把畫運送過來呢？現在沒辦法開船啊，也不可能游過去。妳們到底要怎麼前往對岸的城市？」

多古路德先生的視線從莎妮亞小姐身上轉移到我身上。

「請恕我失禮，我不認為這位打扮成熊的女孩能夠解決這個問題。」

這個嘛，普通人都會這麼想的。

我覺得這一點跟熊熊布偶裝沒有關係，是任何人都會有的感想。

「就算我們沒辦法把畫運送過來，也不會給多古路德先生添麻煩吧。」

「這麼說是也沒錯。」

就算我們無法把畫運送過來，狀況也不會改變。

沒有進步，也不會退步。

如果不能在今天傍晚之前拿到畫，他也只不過是要把露依敏的手環交給別人而已。

「如果無法把畫送來，我們會放棄手環。你可以把它賣給那位商人。」

「姊姊！」

莎妮亞小姐說的話讓露依敏嚇了一跳。可是，莎妮亞小姐依然繼續說道：

「所以關於那幅畫的事，希望你能交給我們處理。我們在今天傍晚前把畫送來之後，我會付錢賠償露依敏弄破的畫，到時候請把手環還給她。」

莎妮亞小姐明明不知道我要怎麼過河，卻還是相信我說的話，跟多古路德先生交涉。

聽到莎妮亞小姐認真地說完這番話，多古路德先生把手放到頭上，抓亂頭髮，陷入苦思。然後他似乎得出了結論，開口說道：

「我知道了。我就把畫的事情交給妳們。關於手環的事，我也了解了。如果妳們可以在今天傍晚前把畫送來，我保證會讓妳們以畫的費用為代價，把手環還給露依敏。」

「謝謝你。」

交涉成立了。

接下來只要我前往河岸對面把畫送過來，就可以取回露依敏的手環。現在的時間才剛過中午不久，時間非常充裕，甚至會多出許多空閒。

「那麼我要寫一份契約書，麻煩妳們提供市民卡或公會卡。」

要確認身分。

這是為了釐清畫作在運送過程中遺失、破損的賠償責任。另外還有挾帶畫作逃走的可能性。這次我們不可能帶著畫逃走，所以真要說的話，是為了因應把畫弄壞的可能性。

「要去的人是那位打扮成熊的女孩吧？」

多古路德先生看著我，這麼確認。

「嗯，我一個人去就好。」

我這麼回答，旁邊的莎妮亞小姐似乎有什麼想法。

「優奈，我可以跟妳去嗎？雖然我不知道妳打算怎麼前往對岸的城市，但我很擔心。」

莎妮亞小姐用認真的表情這麼問我。

熊緩和熊急都可以在水上步行，所以我可以讓她騎上熊緩或熊急，帶她一起去。

可是就連我也知道，熊在河面上走是一件超乎常理的事。或許有什麼魔法或道具可以讓人走在河面上，但目前在我所知的範圍內並沒有那種手段。

「是不是不行呢？」

看到莎妮亞小姐認真的表情，我就無法拒絕了。她真的很擔心我。

我開始思考。

莎妮亞小姐已經知道了我的幾個祕密，我也知道她沒有把我的祕密說出去。為了幫我保守祕密，她也盡了不少心力。

而且抵達城市後，莎妮亞小姐可以幫助我。她可以帶我去店裡，也能獲得對方的信任。我有可能到了那邊卻因為打扮的關係而不被信任，就算有介紹信也拿不到畫。

相反地，有莎妮亞小姐在，信賴度就會上昇。她可是王都的冒險者公會會長，帶莎妮亞小姐一起去是利大於弊。

拿不到畫的情況是一定要避免的。

「要一起來是可以，但我過河的方法是祕密喔。」

「只要優奈希望我保密，我就不會告訴任何人。不過，優奈的祕密愈來愈多了呢。」

莎妮亞小姐微笑。

莎妮亞小姐的確知道我的各種祕密。

「那麼，要去的人是妳們兩位，沒錯吧？」

「也、也帶我一起去吧。」

多古路德先生確認的時候，露依敏鼓起勇氣開口說道。

「妳留在這裡。」

聽到我們的對話的露依敏也要求同行，莎妮亞小姐卻叫她留在這裡等。

「姊姊……」

「露依敏，別擔心，我們很快就回來了。」

往返不會花很多時間，我們很快就會回來。頂多只有要尋找店家的位置比較花時間，但那交給莎妮亞小姐就沒問題了。

「妳可以相信我，在這裡等嗎？」

「優奈小姐……我知道了。」

露依敏沒有鬧脾氣，答應了我。

「就是這麼回事，由我和優奈兩個人去。」

莎妮亞小姐對多古路德先生說道。

「我明白了。那麼請兩位把市民卡或公會卡交給我。」

我和莎妮亞小姐拿出公會卡。

多古路德先生先從莎妮亞小姐手中接過公會卡，一看便露出驚訝的表情。

「王都的冒險者公會會長？」

他抬起原本看著卡片的目光，望向莎妮亞小姐的臉。莎妮亞小姐看到多古路德先生驚訝的表情，似乎很開心。

「這樣可以讓你多少信任我一點嗎？」

「沒想到露依敏的姊姊會是王都的冒險者公會會長，太令人驚訝了。」

沒有聽說的米蘭妲小姐也很驚訝。她還質問露依敏：「為什麼瞞著我們？」

不過，露依敏在見到莎妮亞小姐之前也不知道，這不能怪她。

多古路德先生接著看向我的公會卡，然後再次露出驚訝的表情。這個嘛，大概沒有人會想到一個穿著熊熊布偶裝的女孩是C級冒險者吧。

「……職業是熊？」

咦，驚訝的點在那裡嗎？

一般人應該會對我是個冒險者，或階級是C這點感到驚訝吧？

多古路德先生交互看著我和公會卡。

「的確是熊。」

他露出終於理解的表情，然後又看了一眼公會卡。他再次驚叫道：

「冒險者階級是C？」

沒錯，一般人看到這裡才會驚訝。

職業欄寫著熊的確很莫名其妙，讓人滿頭問號。可是既然要驚訝，我希望他是對公會階級感到驚訝。

「優奈小姐，原來妳是C級嗎！」

露依敏表示驚訝。不只是露依敏，米蘭妲小姐等冒險者也一樣。不驚訝的人就只有莎妮亞小姐。

「明明這麼嬌小可愛。」

「明明是熊。」

「真的嗎？」

她們沒學過不該以貌取人的道理嗎？就算很嬌小，就算打扮成熊的樣子，說不定也很強。就算是玩遊戲，也有些實力派玩家會穿著搞笑裝備。只不過，我的熊熊裝扮絕對不是什麼搞笑裝備。

「優奈雖然穿著可愛的熊熊服裝，但其實是個優秀的冒險者喔。」

莎妮亞小姐可能是想幫我，才會說出不明所以的話擁護我。不知道大家能不能接受這個說法，他們的表情很尷尬。

多古路德先生接著在眼前的紙上寫下一些內容。

「那麼，請妳們把這個帶去。這是取貨證書，還有我寫的信。只要把這個拿給我在對岸城市的員工看，對方就會把畫交給妳們。」

看來他剛才寫的東西是介紹信。突然跑到店裡叫對方把畫交出來，的確不會有人乖乖照辦，更別說是熊的要求了。

我們接著向多古路德先生詢問店家的位置。

「期限是今天的傍晚。我沒辦法繼續等下去，還請注意。」

距離傍晚還有一段時間，綽綽有餘。

我把信收進熊熊箱裡。

事不宜遲，我們馬上往店外走去，卻發現外頭的大雨阻擋了我們的去路。

「不會吧。」

「好大的雨，剛才明明還沒有下雨的。」

我們一走到店外，便遇到一場雨，而且是傾盆大雨。剛才天空雖然布滿烏黑的雨雲，卻沒有下雨。

「為什麼雨會這麼大？」

「這下子不管怎麼做都無法過河了。」

米蘭妲小姐等人望著下雨的天空。

「嗚嗚，一定是因為我的關係。我的運氣很差。」

露依敏看著強勁的雨勢，難過地說道。

「沒問題的，這點程度的雨還沒關係。」

反正我不是要游泳，只是要在河面上奔跑，沒有任何問題。

「優奈小姐。」

露依敏一臉擔心，不過多虧有這場雨，外出的人減少了，也不會有人靠近河邊，這樣我就不

熊熊勇闖異世界

用擔心使用熊熊水上步行的樣子會被別人看到了。從我的立場來看，下雨是很好的。

露依敏絕對不是運氣差，下雨反而是一種幸運。不過如果真的幸運，就不會因為下雨而讓船隻停航了，我只是往好的方向解釋。

「優奈小姐，妳真的要在這場雨中出發嗎？」

「我要去。一定要在今天傍晚前把畫拿來才行。」

「可是……」

「沒事的。妳不要擔心，在這裡等吧。」

因為我們不知道什麼時候才會回來，所以露依敏等人要在旅館等待。

「……我知道了。優奈小姐，請妳一定要小心。要是優奈小姐和姊姊發生了什麼事……我……」

我覺得她有點小題大作，不過一般人都會擔心的吧？

畢竟我是要在大雨中渡河。

「拿到畫之後，我馬上就會回來。各位，露依敏就拜託妳們了。妳們要看著她，別讓她亂跑喔。」

這種時候，露依敏有可能會擅自行動，擅自跑到商人那裡。

聽到我說的話，米蘭妲小姐等三個人爽快地答應了。

229 熊熊渡河

為了擋雨，莎妮亞小姐從道具袋裡拿出類似雨衣的東西套到身上。

我的熊熊裝備可以防水，所以不需要雨衣。

「優奈，妳淋雨沒關係嗎？」

「這件衣服很特別，沒關係。」

我走到店外，證明這一點。

雖然外頭下著大雨，雨水卻沒有滲進熊熊布偶裝，而是變成水珠滑落。

「這到底是用什麼材質做成的呢？有很多材質可以防水，不過其中包括優奈穿的這種衣服的材質嗎？」

這是神替我做的，所以我不知道，很有可能是不存在於這個世界的材質。受到攻擊也可以毫髮無傷，還能恢復魔力，這件衣服有許多特殊之處。

莎妮亞小姐好奇地看著我的熊熊裝備。

「不說這個了，快走吧。」

莎妮亞小姐說，要去河邊有兩種方法，一是經由城市前往碼頭，二是走出城門外。

如果要節省時間，直接經由城市前往碼頭，再從那裡過河是最快的。

在這種大雨中，河邊應該沒有人。我和莎妮亞小姐冒著大雨，朝碼頭奔去。

我們在雨中抵達碼頭，周圍果然沒有人影。在這種大雨中，船隻停航，也沒有愛看熱鬧的人接近河川。

我們靠近河川，看到大型的船在水上搖晃。這種船能承載好幾輛馬車，相當巨大。其實我也想搭搭看，不過恐怕要等下次了。

我望向河川，河道非常寬，水勢十分洶湧。對岸的城市雖然位在可以看得到的距離，卻相當遠。

「優奈，妳要怎麼從這裡渡河？應該不是要游泳吧？」

聽到這個問題，我這麼回答：

「我們要騎著熊緩和熊急渡河。」

我老實說道。

「騎著熊緩牠們渡河？」

「因為我的熊緩和熊急很特別。」

對此，莎妮亞小姐歪著頭說：「優奈的召喚獸也許做得到吧？」看來好像接受了我的說法。

反正我已經讓莎妮亞小姐看過牠們不同於普通的熊的地方了。

牠們跑得比馬快，體力比馬好，有魔物靠近時會通知我，而且還能變小。就算又多了一項可以在水上走路的能力也只是雞毛蒜皮的小事……大概吧。

我用熊熊探測的技能確認周圍一個人也沒有，然後召喚出熊緩和熊急。在大雨中，熊緩和熊急漸漸被風雨打溼。

「抱歉要你們兩個在雨中跑，拜託你們載我們到對岸了。」

熊緩和熊急用充滿自信的表情叫了「咿～」的一聲。

「那麼莎妮亞小姐，我們出發吧。」

我騎上熊緩，莎妮亞小姐騎上熊急，載著我們的熊緩和熊急靠近河岸。河水非常湍急。

「優奈，真的沒問題吧？」

莎妮亞小姐看著滾滾濁流，不安地說道。

也對，要通過這麼湍急的河流，難怪她會不安。更別說是要在河面上跑了，簡直是超乎常理的行為。所以我也不是不能理解莎妮亞小姐的心情。

「還是妳要留下來？」

沒有人帶路會讓我有點困擾，但這也沒辦法。

「我、我沒問題。」

她看起來不像是沒問題的樣子，於是我給了她一個建議。

「那麼，請妳閉上眼睛抓緊熊急吧，幾分鐘之後就到了。」

「……熊急，我相信你。」

「咿～」

熊急用叫聲安撫莎妮亞小姐，莎妮亞小姐緊緊抱住熊急。

「那麼，我們出發吧。」

我一聲令下，熊緩和熊急便向著河川起跑。

莎妮亞小姐大叫，但我不以為意。

熊緩和熊急在河面著地，然後跑在翻騰的水流上。

熊緩和熊急奔跑著，避免被流動的河水沖走。有時會有漂流木被沖過來，熊緩和熊急輕鬆躍過，在濁流上奔馳。

雖然我沒參加過，但感覺就像是參加障礙賽跑。

我們跨越波浪，閃避漂流木，逆著水流往對岸前進。

「優奈！要是掉下去會怎麼樣！」

「掉下去就會被水沖走。」

這是什麼顯而易見的問題？

聽到我這麼說，莎妮亞小姐緊抓住熊急，深怕掉下去。她明明已經在旅行的過程中知道，就算不抓得那麼用力也不會掉下去，卻還是拚命抱著熊急。

過了一陣子，我可以看到對岸城市的碼頭了。

我們只花了幾分鐘便成功過河，交給熊緩和熊急就是這麼簡單。

我使用探測技能，確認沒有人後才踏上河岸，從熊緩身上爬下來。莎妮亞小姐一從熊急身上爬下來就癱坐在地上。

會弄溼喔。我本來這麼想，但她穿著類似雨衣的東西，似乎沒關係。

「妳還好嗎？」

「嗯，我、我沒事。」

莎妮亞小姐用顫抖的雙腳站起來。

「我們真的過河了。」

莎妮亞小姐難以置信地看著波濤洶湧的河川。

「雖然我早就知道優奈的熊召喚獸很厲害，但沒想到這麼厲害。我從來沒聽過有熊可以在水面上走。」

我也沒有。

在我以前看過的作品中，沒有出現過會在水面上跑的熊。

「不說這個了，我們要快點去拿畫才行。」

一直待在這裡也沒有意義。

「妳說得對，我們快走吧。」

我對熊緩和熊急道謝後召回牠們，往多古路德先生說的店家出發。

我跟著莎妮亞小姐的指引，前往多古路德先生的店。因為下雨，路上行人很少，沒有人會注意我。

不過，就算有人注意，我也只要跟往常一樣若無其事地走過就好。

然後，我們沒有花多少時間就抵達了店面。有人帶路就是比較快，如果只有我一個人，一定沒辦法這麼輕易就找到。

我們走進店裡。大概是因為下雨，店裡一個客人也沒有，我們也沒有看到店員。

「不好意思！」

莎妮亞小姐往店內深處喊道。

「…………」

我們還在想怎麼沒有回應，就聽到裡頭有物品碰撞和人的聲音傳來。

「是，我馬上來。」

一名約二十五歲的女性從店內深處走出來。

「熊？」

女性一看到我就露出驚訝的表情。

「雖然要妳別介意可能有點強人所難，不過她是多古路德先生派來的冒險者。是多古路德先生請我們來拿畫的。」

莎妮亞小姐對驚訝的女性這麼說道。

「是老闆請妳們來的嗎？」

時間寶貴，我把多古路德先生給我們的信轉交給女性。

「那是道具袋嗎？」

女性對我從熊熊玩偶手套裡拿出信的舉動感到驚訝。

商人或許就是會注意這種地方吧？

接過信的女性閱讀內容，點了幾次頭，同時又看著我露出笑容。

為什麼？

「我明白了。不過，真是不敢相信。這封信是今天才寫的，可是雨下得這麼大，妳們卻能來到這裡。」

「妳該不會是在懷疑我們吧？」

「不，既然有老闆寫的這封信，我相信這件事是真的。老闆的信上也有交代，我們收到信就要把畫交給妳們。」

這番話讓我放心下來。都跑到這裡來了，幸好沒有被拒絕。莎妮亞小姐似乎也跟我一樣，鬆了一口氣。

「我只是很好奇妳們是怎麼在這場大雨中來到這裡的。」

「這是祕密。」

莎妮亞小姐代替我這麼回答。

「我明白了。那麼為了確認是本人，可以讓我看看公會卡嗎？」

莎妮亞小姐和我拿出公會卡。

女性確認過公會卡以後，又露出小小的微笑。

「不好意思。職業真的是熊呢。老闆的信上有寫到身為王都冒險者公會會長的莎妮亞小姐，還有職業是熊的優奈小姐……」

女性帶著笑容看著我的打扮。

根本不用寫說職業是熊，只寫冒險者的身分和名字就夠了吧？

既然是商人，希望他能顧慮到這部分。

「另外，老闆也有提到妳打扮成熊的事。」

聽到這句話的莎妮亞小姐也笑了。我有點不能接受。

「那麼，我去準備商品，請稍等一下。」

算了，幸好可以順利拿到畫。

「看來可以順利拿到畫了，太好了。」

「這樣一來，就可以拿回露依敏的手環了呢。」

「優奈，真的很謝謝妳，我感激不盡。」

「不過，請不要把熊緩和熊急的祕密說出去喔。」

「當然沒問題。」

我們在交談時，女性吃力地搬來一個有點大的木箱。

注意到的莎妮亞小姐上前幫忙。

「不好意思，謝謝妳。」

兩個人一起把木箱放到桌上。

「這就是畫嗎？」

「是的，請把它交給老闆。」

我把裝了畫的木箱收進熊熊箱裡。

只要把這個交給多古路德先生，就可以把露依敏的手環拿回來了。

已經拿到畫的我們向女性道謝，轉身往店外走。

「兩位已經要回去了嗎？」

「多古路德先生還在等我們。」

「雖然不清楚兩位要怎麼回去，但路上請小心。」

我和莎妮亞小姐走到下著雨的室外。

雨勢完全沒有停歇的跡象，不斷傾瀉。

可是沒有關係。

我們為了快點回到多古路德先生那裡，朝河邊跑去。

230 多古路德等待熊熊

身為冒險者公會會長的莎妮亞小姐與打扮成熊的女孩奪門而出。

我往外看，屋外正下著雨。那兩個人打算怎麼在這場雨中渡河呢？我長年居住在這座城市，卻沒有聽過能在大雨中前往對岸的方法。如果要勉強划船過去，就會被沖到下游。

就算能抵達對岸，從那裡前往城市，再準備船回到這裡，也會再被沖到下游。不只很花時間，更是危險的行為。

可是，那個熊女孩說得好像可以輕鬆過河似的。或許還有什麼我所不知道的其他方法。她到底打算怎麼過河呢？我非常好奇。

兩人離開後，我在辦公室裡工作，這時想要手環的雷多貝爾先生來了。

好早。

時間還不到傍晚。

「這不是雷多貝爾先生嗎？您來得比約定的時間更早呢。」

我把冒雨前來的年老男性帶進辦公室，請他坐到椅子上。

「傍晚再來太麻煩了，所以我才會提早到。反正雨下得這麼大，船也不開，現在就取貨也沒什麼差別吧？」

正常來想是這樣沒錯。船停航了，沒有方法可以把畫運送過來。

我泡了茶，端到雷多貝爾先生面前。

「外頭很冷吧，請喝熱茶。」

「啊，抱歉麻煩你了。」

我也在椅子上坐下，看著雷多貝爾先生。

「關於我們約好的精靈手環，請您等到約定的傍晚時刻。」

「為什麼？」

「有人去拿我答應您的畫了。」

「在這種大雨中？」

雷多貝爾先生對我說的話感到驚訝。這也難怪，只要是住在這座城市的居民，誰都不會認為有人能在雨中前往對岸的城市。

「是的。對方是這個精靈手環的主人的姊姊，她說自己一定會帶著畫回來，在這場大雨中出發了。」

「這麼說來，精靈來要回那個手環了嗎？」

「您也知道對精靈來說，這種手環是很重要的東西吧？」

「是啊，我知道。我也知道這是無法輕易取得的東西。」

「那位精靈為了取回家人的重要物品，在這場大雨中出發了。我已經答應她，如果她能在今天傍晚前把我答應您的畫帶來，就把手環還給她。您也答應過我，如果能在今天傍晚前收到畫，就不再追究上次的事情對吧？」

「是啊，我的確答應過。不過，那個精靈是什麼時候出發的？這幾天都在下雨呢。」

「她不久前才出發。」

「你說不久前？」

「是的。她保證會在傍晚前回來，剛才出發了。」

「你沒有阻止她嗎？可別說你不知道那條河現在是什麼狀態。在這種無法開船的大雨中，到底要怎麼從對岸的城市把畫送過來？」

「這我不清楚。可是，我已經答應那個人了。如果她能在今天傍晚前把您委託的畫送來，我就會把手環還給原本的主人。所以，請您等到傍晚。既然您也是商人，應該能理解誠信有多麼重要吧。」

「是沒錯。」

「所以，我也會遵守和您的約定。如果到了傍晚還沒有收到畫，那個手環就是屬於您的東西了。」

這就是我和雷多貝爾先生的約定。

「我知道了。既然你都這麼說了，我就等吧。不過，我真的只會等到傍晚喔。」

「好的。」

實際上，我也不認為她們能夠趕回來。

不過，我已經答應了對方。身為商人，我必須信守承諾。所以，如果她們兩個人沒有回來，我就會把手環交給雷多貝爾先生。

因此，我希望她們能快點回來。我並不想看到那個精靈少女哭泣的臉。

231 熊熊拿回手環

一抵達河岸，我就召喚出熊緩和熊急，往水勢湍急的河面奔去。載著我和莎妮亞小姐的熊緩與熊急在河面上奔跑。

莎妮亞小姐已經是第二次渡河，並沒有驚慌失措的樣子。雖然河水還是一樣波濤洶湧，熊緩和熊急依然能在河面上跑。然後，我們順利地渡了河。

「優奈，我們快點回店裡吧。雖然還有時間，早點回去總是比較好。」

時間還沒有到傍晚。

可是莎妮亞小姐說得沒錯，盡量早點到比較好。要是遲到，被找麻煩就糟糕了。

我們快步趕往多古路德先生的店。抵達時，看到門口停著一輛馬車。

我和莎妮亞小姐一走進店裡，在店裡工作的青年就注意到我們了。

「兩位已經回來了嗎？」

青年驚訝地看著我們。

「我們想見多古路德先生，可以嗎？」

莎妮亞小姐要求和多古路德先生會面。

「好的，現在訂購了畫的雷多貝爾先生也在店裡。」

既然那個叫做雷多貝爾的商人來了，就表示停在店門口的馬車就是他的馬車吧。怎麼比預定的時間早這麼多？

現在還沒有到傍晚呢。

青年敲了敲深處的門，然後打開門。

「老闆。」

負責顧店的青年呼喚多古路德先生，辦公室裡的多古路德先生注意到他，然後轉頭看著我們。

「妳們回來了嗎？」

我們走進辦公室裡。裡面有多古路德先生和我們沒有見過的年老男性。

「那個打扮成熊的女孩是怎麼回事？還有，那個精靈該不會就是……」

年老男性看到我，面露驚訝的神情，他接著看向我身旁的莎妮亞小姐。

「她們就是剛才我說的去拿畫的人。莎妮亞小姐，妳們把畫帶來了嗎？」

「是呀，我們確實收到畫了。」

莎妮亞小姐轉頭看我。畫是放在我這裡，我從熊熊箱裡取出裝了畫的木箱，放到桌上。

看到我從熊熊手套裡拿出東西，兩人雖然露出驚訝的表情，還是把目光移到裝了畫的木箱上。

「那麼請容我確認一下。」

多古路德先生打開箱子，確認內容物。

「沒有錯。也請雷多貝爾先生來確認一下。」

「嗯，沒錯。上面也有作者本人的簽名。」

「她們真的帶著畫回來了。」

「真是不敢相信。」

「多古路德先生，這樣就可以請你遵守約定了吧？」

莎妮亞小姐這麼確認。要是這樣還不行，我就只能來硬的了。

「是，當然了。雷多貝爾先生也可以接受吧？」

多古路德先生向眼前的年老男性確認。看來這個年老男性就是想要露依敏的手環的人。

「妳就是擁有那個手環的精靈的家人嗎？」

「是的，我是來取回手環的。這次我的傻妹妹闖了禍，真的很抱歉。」

「就算我說我願意付錢，妳應該也不會賣給我吧。」

「那種手環對精靈來說是很重要的東西，我不能把它賣掉。」

老爺爺撫著下巴上的鬍鬚，沉思了一會兒。

「話說回來，妳們是怎麼在這種大雨中過河的？」

莎妮亞小姐微微一笑，用「這是祕密」來回答這個問題。

「聽說這件事的時候，我還覺得妳們絕對不可能辦到呢。」

普通人都會這麼想。

「真可惜。」

老爺爺一臉遺憾。

「很抱歉。如果有其他值錢的東西，我就能提供了。」

「不，不需要。我並不是為了錢才想買下它的。」

「那究竟是為了什麼呢？」

莎妮亞小姐這麼問老爺爺。

「我本來打算要送給孫女當禮物的。精靈的手環有風的庇佑。當然了，我也知道除非是擅長使用風魔法的人，否則就算戴上也沒有意義。不過，至少可以把那當作護身符，畢竟我不知道孫女將來會成為什麼樣的人。」

原來是要送給孫女當禮物啊。

精靈手環或許真的是很好的護身符。

「對不起，我真的不能讓出這個手環。」

「沒關係。記得叫妳妹妹別再賣掉手環了，有些人會跟我一樣想要。」

「嗯，我一定會轉告她的。」

對方跟我想像的不一樣。我還以為會是個更惡劣的商人，結果是個疼愛孫女的好爺爺。

莎妮亞小姐可以把手環買回來了。

莎妮亞小姐從道具袋裡取出好幾顆寶石放到桌上，交給多古路德先生。我不清楚寶石的價值，但多古路德先生一個一個確認寶石，說出「好，這些就夠了」後收下幾個寶石，然後把剩下的寶石還給莎妮亞小姐。

交易成立，莎妮亞小姐接過和自己手腕上的手環一模一樣的手環。看來這就是露依敏的手環。

「優奈，這次很謝謝妳。要不是有妳在，別說是把畫送過來了，手環甚至會在我們抵達城市以前就被賣掉。」

能夠這麼早抵達目的地，的確是熊緩和熊急的功勞。

如果是搭馬車，到現在都還沒辦法抵達城市。

「要道謝的話，就跟熊緩和熊急說吧。」

「嗯，當然好。」

這麼一來就達成目的了。

接下來只要把手環交給露依敏，整件事就能告一段落。

我們終於可以放心往精靈村落出發。

232 熊熊替繪本出價

「對了，多古路德，我拜託你找的另一個東西怎麼樣了？」

老爺爺開口向多古路德先生說道，我們錯過了離開辦公室的時機。

「真的很抱歉，我也無能為力。」

「是嗎？就連你也找不到啊。」

老爺爺輕輕嘆氣。

除了畫作以外，他似乎還向多古路德先生訂購了其他東西。不過，多古路德先生好像沒有找到。

「也找不到作者嗎？如果能知道作者是誰，或許就能請本人畫繪本了。」

看來老爺爺是想找繪本的作者。

「關於這點，到現在還是只知道對方叫做『熊』，根本找不到作者。頂多只能查出繪本的持有者大部分都是城堡裡的相關人士。」

他們剛才說什麼？

他們說作者的名字叫做「熊」嗎？而且還說繪本的持有者是城堡裡的相關人士。

「我本來想要替孫女買那本熊繪本的。」

熊繪本？

「真的很抱歉。」

多古路德先生道歉。

老爺爺正在找的繪本該不會是我畫的繪本吧？

「不過說到熊……」

老爺爺的視線轉向我。

是的，我就是熊，怎樣？

「對了，我聽說過打扮成熊的女孩出入城堡的傳聞……」

多古路德先生的視線也轉向我。

「這位打扮成熊的小姑娘，妳是不是知道些什麼？」

假裝不知道是很簡單的事。

「你那麼想要那本繪本嗎？」

「我孫女曾經從王都的朋友那裡借來那本繪本看過，她非常喜歡，但我怎麼找就是找不到。」

想要手環也是因為孫女，這個老爺爺實在不像是壞人。

我經過一番思考，從熊熊箱裡取出繪本。

熊熊勇闖異世界

「你說的熊繪本是指這個嗎？」

老爺爺一看到封面，便向繪本伸出手。

「沒錯，就是這個！」

老爺爺拿過繪本，站起來大叫。

「難不成那個叫做熊的作者就是……」

「就是我。」

這個嘛，看也知道。

「那麼出入王都城堡的熊也是……」

「那應該也是指我。」

我這麼回答多古路德先生的問題。

「這樣啊，原來妳就是繪本的作者。」

老爺爺重新看向我。

「不好意思，妳能把這本繪本讓給我嗎？我當然會付錢。」

他是為了孫女才在找這本繪本，所以我覺得直接送給他也沒關係，但還是基於好奇問了他願意用多少錢買下繪本。

「你願意用多少錢買下？」

「多少錢都可以。」

老爺爺說了不得了的話。

多少錢都可以是最令人難以回應的答案。

我並不是想要錢，只是帶著半開玩笑的心態問問看而已。

「那麼，妳願意用多少錢賣給我呢？」

老爺爺筆直地看著我。

我有種正在被品頭論足的感覺。

我該不會是被反過來測試了吧？

要提出普通繪本的價格，還是更高價呢？

「如何？」

唔唔唔，我在不知不覺間坐上老爺爺的談判桌了。

我根本不會跟商人談生意，可是就算如此，隨便提出一個金額也會讓我有種輸了的感覺。不過，就這樣不提出金額，直接送人也讓我不太高興。所以我這麼回答：

「我會跟你的孫女收取報酬。」

「妳說什麼？」

聽到我說出意料之外的答案，老爺爺很驚訝。

既然能看到他驚訝的表情，應該是我贏了吧？

「我會根據送繪本給你孫女時的她的笑容來決定。如果你的孫女不高興，不管你出多少錢，

熊熊勇闖異世界

我都不賣。不過，如果你的孫女能讓我看到最燦爛的笑容，我就把繪本送給她。」

「哦，妳這麼說沒關係嗎？誰都別想勝過我孫女的笑容。」

或許是對我的回答感到中意，老爺爺露齒一笑。

剛才那種品頭論足般的強烈視線消失了。

就算能看到他孫女的笑容，也不代表我輸了。

「畢竟孩子發自內心的笑容是花多少錢都看不到的。」

「一點也沒錯。」

老爺爺笑著回應我說的話。

「如果我提出天價，你打算怎麼辦？」

「如果是付得起的金額，我會買下。如果付不起，也只能放棄了。不過，妳給了不同的答案。我好久沒有笑得這麼暢快了，沒想到妳竟然會要求用我孫女的笑容來交換繪本。」

「所以，我一定會跟她收取報酬的。」

送禮的時候，對方高興的表情是最令人開心的回報。

「我的孫女絕對不會吝嗇，別擔心。」

他不是傻父母，而是傻爺爺呢。

我覺得這件事並不存在勝負，不過老爺爺似乎覺得能讓孫女露出笑容就是他贏了。

自己畫的繪本能讓讀者露出笑容，也是我的勝利。

反過來說，如果對方對繪本沒有興趣，那就是我輸了。

「我想向妳確認一件事。妳和城堡有什麼關係？為什麼情報如此稀少？」

「因為我有拜託國王陛下保密啊。」

「妳說國王陛下？」

聽到我提到國王的名號，老爺爺和多古路德先生很驚訝。

「這是我為芙蘿拉大人而畫的繪本。可是，在城堡裡工作的人看到芙蘿拉大人拿的繪本之後也想要，所以我許可他們可以在城堡內印製限量的繪本。只不過，我不希望自己的事情傳開，才會請他們隱瞞作者的消息。」

「所以情報才沒有流出啊，難怪所有人都守口如瓶。」

老爺爺恍然大悟地點點頭。

「為什麼妳不光明正大地販售？這應該能大賣吧，更別說還有國王當後盾了。」

「反正我又不缺錢，而且如果我是作者的事情曝光，應該會很麻煩。」

我最後拜託在場的所有人不要把繪本的事情說出去。

眾人馬上答應這個請求，應該不會有人想要忤逆國王吧。

好不容易請國王下了封口令，既然要交出繪本，也得同樣請對方保密才行。

背後有權力，在這種時候就很有幫助。

「話說回來，妳好像真的很受國王青睞呢。一般來說，關於繪本的情報可不會受到這麼嚴格

熊熊勇闖異世界

的管制。」

或許真是如此。我隨口說出的話，國王都有好好遵守。不過，從國王的角度來看，這也只不過是我的許多祕密的其中之一罷了。

狩獵一萬隻魔物和擊退克拉肯、挖隧道的事情都被國王知道了。我想他應該也知道鋼鐵魔偶的事。跟這些事比起來，繪本的祕密根本微不足道。

「那麼熊姑娘，妳可以現在就去見我的孫女嗎？」

「現在嗎？」

再怎麼說也太快了吧？

「我想快點見到孫女的笑容嘛。」

老爺爺催促著我的臉上彷彿寫著「妳別想逃」。

好吧，反正我回旅館也沒什麼事可做。

「我知道了，我馬上去。莎妮亞小姐就先回旅館，讓露依敏安心吧。」

有米蘭妲小姐等人陪著，應該沒問題，但露依敏可能還在擔心。

「妳一個人沒問題嗎？」

這是什麼話？莎妮亞小姐知道我的實力吧。

她到底在擔心什麼？

不過，我很高興她這麼擔心我。

「就算有人來找碴，妳也不可以跟對方打起來喔。」

原來是在擔心這個。

我不能保證不動手，畢竟我從玩遊戲的時代開始就是這種性格。

不過，我會慎選對象，所以應該不會發生莎妮亞小姐擔心的事。

我和要返回旅館的莎妮亞小姐道別，搭上老爺爺的馬車去見他的孫女。

雨已經停了。剛才明明還下得那麼大。

今天一會兒下雨一會兒雨停，真是忙碌的天氣。

原本站在入口的男性坐上駕馬車的位子，緩緩驅動馬車。

馬車內只剩我和老爺爺兩個人，於是我們重新開始自我介紹。

「妳叫做優奈啊。妳為什麼要打扮成這個樣子？」

任何人都會有這個疑問。

可是，我只會回答同一個答案。

「有很多原因。」

「我不會深入追問的。我過去的人生經驗告訴我，不要繼續問下去比較好。」

其實不是那麼深奧的事情。

我只是不能說出口而已。

「對了，雷多貝爾先生，你的孫女今年幾歲？」

就算他問了關於我的問題，我也幾乎無可奉告，於是我轉移話題。

這是我的拿手絕活。

「她今年五歲。長得跟我很像，很可愛喔。」

那樣算是可愛嗎？

既然長得像雷多貝爾先生，一般來說並不可愛吧。

如果只是鼻梁之類的地方像，我還可以接受。

後來，我明明沒問，他卻主動開口說起孫女有多可愛了。

嗯～我雖然成功轉移了話題，他卻滔滔不絕地炫耀自己的孫女。如果要形容菲娜有多可愛，我也可以說個不停。我對他炫耀孫女的長篇大論左耳進右耳出，這時馬車停下來了。

好像終於到了。

「已經到了啊，我還沒有說夠呢。」

我已經聽飽了。

我一走下馬車，便看到前方有棟很高的建築物。

大概有五層樓高吧？

「樓下是店面，樓上是我的家。」

也就是說，這整棟建築物都屬於雷多貝爾先生。

「羅迪斯，馬車交給你了。」

「是。」

坐在駕馬車的位子的男性這麼回應，驅動馬車。被留下的我們走進建築物內。

雷多貝爾先生走上階梯，帶著我在家裡前進。

「不好意思，請妳在這裡等一下，我去帶孫女過來。」

說完，雷多貝爾先生走出房間。

我環顧屋內，等待雷多貝爾先生。

家中裝飾著畫作和壺等藝術品，但我看不出優劣。

不過，在熊熊屋裡擺一些藝術品或許也不錯。擺菲娜和修莉會喜歡的熊應該很適合吧？要不要乾脆自己畫一幅熊的畫呢？

可是，我不太想掛自己畫的畫。如果真的要掛，我比較想要掛菲娜或修莉畫的畫。

我這麼想著，邊觀察屋內時，雷多貝爾先生就打開門走了進來。

「讓妳久等了。」

有個小女孩躲在雷多貝爾先生的身後。

看到小女孩的我心想：嗯，她跟雷多貝爾先生一點也不像。

233 熊熊送繪本給女孩

有個小女孩躲在雷多貝爾先生身後看著我。

我剛才也說過了，但我要再說一次，她跟雷多貝爾先生一點也不像。

我是不知道五官細節像不像，但髮色是不一樣的。

雷多貝爾先生是黑髮，這女孩卻有一頭漂亮的銀髮。

我不禁懷疑她是不是被綁架來的。

「熊熊？」

女孩看著我，用小小的嘴巴開口說道。

「妳好，我是優奈。妳叫什麼名字？」

我蹲下來配合她的視線高度，這麼問道。

女孩露出害羞的神情，躲到雷多貝爾先生後面。

「來，好好跟客人自我介紹。」

「……愛露卡。」

「愛露卡。好可愛的名字。」

愛露卡高興地微笑，從雷多貝爾先生後面走出來。然後她走過來，抱住了我。

「好軟喔。」

這個嘛，因為是布偶裝嘛。

「熊熊為什麼會在這裡？」

我都自我介紹了，為什麼要叫我熊？

不過就算如此，我也不會因為這種小事生氣。

我也已經有所成長了。

「是妳的爺爺叫我來的。」

「爺爺嗎？」

愛露卡看著雷多貝爾先生。

「爺爺，你認識熊熊嗎？」

「爺爺碰巧認識了熊熊，所以才拜託熊熊來找愛露卡呀。」

看著愛露卡的雷多貝爾先生綻開笑容。

要是不知道他們有血緣關係，雷多貝爾先生看起來就像個危險的老爺爺。他們應該是真的血脈相連吧？

我無視這個危險的老爺爺，望著愛露卡。

「我帶了禮物來給妳喔。」

我從熊熊箱裡取出熊熊繪本的第一集。

愛露卡一看到繪本的封面便露出笑容。

「是熊熊的繪本耶～」

她高興地從我的熊熊玩偶手套中收下繪本。

「這是要送給我的嗎？」

「嗯，是給妳的禮物。」

「謝謝熊熊。」

愛露卡滿臉笑容。

這麼一來，繪本就是免費送給她的禮物了。我轉頭看了雷多貝爾先生，他擺出獲得勝利的得意表情。我彷彿可以聽到雷多貝爾先生的心聲：

『怎麼樣？我的孫女很可愛吧。這場比賽是我贏了。』

『但她是因為我的繪本才露出笑容的喔。』

我看著繪本，在心中宣示自己的勝利。

既然她沒有說不要，還這麼高興，那就是我贏了。

『果然，愛露卡的笑容最燦爛了。』

唯獨這一點我也贊同。

結束了心中的對話，我發現有人正在拉我的手。

愛露卡的小手握著我的熊熊玩偶手套。

「熊熊，唸給我聽嘛。」

她用仰望的眼神拜託我。

我當然無法拒絕，答應唸給她聽。

「我要到樓下去，愛露卡就暫時拜託妳了。」

雷多貝爾先生留下我們，離開了房間。

我坐到沙發上，讓愛露卡坐在我的腿上，開始進行自己唸自己畫的繪本這種羞恥的行為。

我唸完繪本的第一集，正在唸第二集的時候，房門打開了。

走進房間的人不是雷多貝爾先生，而是一名銀髮的女性。

「真的是熊呢。」

「媽媽。」

愛露卡站起來，擁抱銀髮女性。

她好像是愛露卡的母親。愛露卡毫無疑問是像媽媽。

這麼看來，雷多貝爾先生的孩子可能不是這名銀髮的女性，而是和她結婚的男性吧？

不過，也有可能是像到奶奶，總之絕對不像雷多貝爾先生。

「謝謝妳幫忙照顧這孩子。我是這孩子的母親，名叫瑟芙爾。」

「我叫做優奈。」

「這孩子有沒有任性？」

「她是個乖巧可愛的孩子。」

「那就好。這就是繪本呀。」

瑟芙爾小姐看著女兒手上的繪本。

「是熊熊送我的喔。」

「真是太好了。」

瑟芙爾小姐撫摸高興的女兒的頭。

「我聽我公公說了，謝謝妳送我女兒繪本。這孩子跟王都的朋友借了繪本來看後就非常喜歡，讓我們很傷腦筋。後來我公公有試著尋找，卻怎麼找也找不到，我們都已經放棄了。」

「她這麼喜歡，我也很高興。」

我送繪本給愛露卡時，她非常高興。

我完成了任務，正打算回去的時候……

「真的很不好意思，連茶都沒有招待。」

瑟芙爾小姐慌慌張張地走向隔壁的房間。

「不用了，我要回去了。」

「可以請妳再待一下子嗎？我公公也想答謝妳，交代我把妳留下來。」

我已經看到愛露卡的笑容，不需要其他的謝禮。當初就是這麼說好的。

「他應該馬上就來了，請妳邊喝茶邊等吧。」

「真的不用謝我了。」

「熊熊，妳要回去了嗎？」

我正要拒絕的時候，愛露卡抓住我的衣服。我對這類型的攻擊沒有抵抗力。

芙蘿拉大人也一樣，太犯規了，這是外掛攻擊。

結果我不忍心回去，乖乖留下來喝茶了。

我對愛露卡說我不會馬上回去，請她放開我的衣服。

我坐回沙發上，愛露卡則乖巧地坐在我旁邊。然後，她用小小的手抓住我的衣服。

看來她只願意放開我一瞬間。

「呵呵，看來我女兒很喜歡妳呢。」

瑟芙爾小姐在我面前的椅子上坐下，喝著茶微笑。

「都是因為這身打扮啦。」

「我聽公公說有個打扮成熊的女孩帶了熊的繪本過來找我的女兒時，我還覺得一頭霧水。結果我一來才發現真的有個打扮成熊的女孩，嚇了一跳呢。」

瑟芙爾小姐看著我微笑，然後跟愛露卡借了繪本來唸。

再唸完一次繪本時，雷多貝爾先生回來了。

「抱歉，我來晚了。」

「那麼，我要告辭了。」

既然雷多貝爾先生已經來了，我要拒絕他的謝禮，直接離開。

「等一下，我還沒有答謝妳呢。」

「要答謝的話……有愛露卡的笑容就夠了。」

這就是贈送繪本的條件。

可是，雷多貝爾先生搖了搖頭。

「請讓我答謝妳吧。」

他這麼說，我也很困擾。我並不打算跟他要錢。

「不用了。我們不是約好了嗎？我要用繪本交換愛露卡的笑容。我已經得到足夠的回報了。」

我溫柔地把手放在身旁的愛露卡頭上，愛露卡很高興地看著我笑了。

「我知道妳不想要錢，可是這樣的話，我會過意不去。在這個城市，我有一定程度的影響力，我能做什麼來答謝妳嗎？」

聽到雷多貝爾先生這麼說，我想到了一個請求。

「既然這樣，我可以問一個問題嗎？」

「什麼問題？」

「我可以在這座城市買房子嗎？」

我想在這座城市買一棟房子，用來設置熊熊傳送門。

在王都，根據購買的地點不同，有些地方會需要介紹信。

如果這裡也一樣需要的話，我希望雷多貝爾先生可以幫我寫介紹信。這樣一來就不必向他要錢，也幫了我一個忙。

「妳打算在這座城市住下來嗎？」

「不是的，我只是有一點自己的理由，想要買房子。」

我不能說出熊熊傳送門的事。

這裡有點遠。可以的話，我想設置熊熊傳送門。

「不需要介紹信之類的東西嗎？」

「這個嘛，只要有錢和身分證明就可以買了。」

「不需要呢，只是價格會根據地點改變而已。」

也就是說，如果不在意地段，只要有錢就沒問題。

「這麼說來，去商業公會就可以買了嗎？」

「妳真的打算在這座城市買房子嗎？」

「是啊。」

「就算是小房子，也不是像妳這樣的孩子買得起的價格啊。」

「沒問題的。」

我有從原本的世界帶來的錢，最近還能收到餐廳的營業額和隧道的通行費。雖然我沒確認有多少錢入帳，但應該有一筆不小的數目。

「爸爸，既然人家要買，要不要便宜賣出那棟房子呢？」

在一旁聆聽的瑟芙爾小姐對雷多貝爾先生這麼說道。

「……啊啊，那棟房子啊。可是那裡有點遠呢。」

據他們所說，在城市邊緣的地方有一棟小小的房子。

那棟房子從幾年前開始就沒有人使用，也沒有人買下，一直閒置著。

對我來說，只要能設置熊熊傳送門就沒問題了。

沒有必要買下土地再拿出熊熊屋，所以也不會引發騷動，正好符合我的需求。

而且去商業公會辦理購買手續也很麻煩。考量到可能在商業公會再次引發騷動，既然對方願意售出，我也想買下。

要是去商業公會買，被莎妮亞小姐等人發現，我就得再說明一次，這會讓事情變得更麻煩。

「如果你們真的願意賣給我，我會很高興的。」

「那我現在就帶妳過去吧，等看過房子再決定金額比較好。」

雷多貝爾先生從座位上站起，我也正要站起來時，愛露卡的小手不願意放開我的衣服。

「愛露卡，對不起，我要回去了。」

熊熊勇闖異世界

「熊熊……」

她一臉寂寞。

「我還會再來的。」

「真的嗎？」

「優奈，她好像真的很喜歡妳呢。愛露卡是個怕生的孩子，這真的很稀奇。」

瑟芙爾小姐微笑著這麼說。

我很高興，卻也很傷腦筋。

不過，我最近得到一個哄這種孩子的方法。

我從熊熊箱裡拿出熊緩和熊急的布偶。

「黑熊熊和白熊熊！」

愛露卡一看到熊緩和熊急的布偶便叫道。

然後，她抓著我的手鬆開，抱住兩個熊布偶。

「哎呀，好可愛的熊熊布偶。」

「妳不只有繪本，還帶著布偶啊。」

「請不要仿造這種布偶喔。」

「我們不會做那種事的。」

「這種熊熊會代替我陪妳。」

「妳要送給我嗎？」

「嗯，妳要珍惜它們喔。」

「嗯，謝謝熊熊。」

愛露卡高興地抱緊布偶。

既然人家願意賣房子給我，我隨時都可以來訪。

我和愛露卡道別，跟著雷多貝爾先生前往房子所在的地點。

我還以為要走過去，但雷多貝爾先生安排了馬車。

234 熊熊再次往精靈村落出發

我搭乘雷多貝爾先生的馬車，前往那棟房子所在的地點。馬車發出噠噠噠的聲音前進著，漸漸駛離中央街道。

過了一陣子，馬車停在一棟有著可愛紅屋頂的小房子前面。

「就是這裡，如何？」

因為遠離了市中心，所以這裡行人很少。對我來說，地理位置還不錯。

雷多貝爾先生拿出鑰匙開門，我們一走進屋內就聞到一股霉味，於是打開窗戶讓空氣流通。

這裡可能已經閒置很長一段時間了吧？

「我偶爾會請人來打掃，但還是多少有些灰塵，希望妳別介意。」

不，這樣已經算很乾淨了。既然已經閒置了幾年的時間，這點程度的髒汙也無可厚非。

我在屋裡走走看看，裡頭擺著床鋪和家具等最低限度的生活必需品。

一樓有廚房、客廳、廁所、浴室。

二樓有兩個房間。

感覺像是新婚夫妻的家。

反正我只是要把這裡當作移動時的據點，沒什麼問題。

只要在這裡設置傳送門，要去鄰國就輕鬆多了。如果可以的話，我更希望能放在河川對岸的城市，但再奢求也沒完沒了。

「嗯，看起來不錯。那麼，你願意用多少價格賣給我？」

雷多貝爾先生不發一語地遞出一張紙。

那張紙好像是這棟房子的權狀。

「不必付我錢，這棟房子就讓給妳。我知道妳送了兩本繪本給我孫女，甚至還送她布偶，這是給妳的謝禮。」

「可是這樣的話，兩者的價格根本不對等啊。」

「這並不是取決於妳。妳的繪本是我無論如何都想找到的東西。妳不必放在心上，這代表我的感謝之意。而且妳不是送了一幅畫來嗎？我必須盡快把那幅畫交給買家。要不是妳把它送來，我的生意差點就泡湯了。」

「那幅被弄破的畫也是嗎？」

「沒錯。我本來需要那幅畫，但因為還有時間，我決定準備其他的畫，卻因為連日下雨而無法開船，我也很困擾。而妳把畫送了過來，所以我想要答謝妳。」

「就算如此，我也覺得這無法構成我收下一棟房子的理由。」

「妳不必在意，這是為了感謝妳讓我看見愛露卡的笑容。那笑容是花多少錢都看不到的，所以我很感謝妳。」

「真的可以嗎？」

「是啊。反正是找不到買主，一直閒置著的房子。既然妳想要，那就讓給妳。」

雷多貝爾先生對我遞出看似權狀的紙張。

「既然如此，我就心懷感激地收下了。」

我有點猶豫，但還是道謝，收下了權狀。

「真的不用送妳一程嗎？」

「嗯，我想留下來再看一下房子。」

我還有設置熊熊傳送門的工作。

「這樣啊。那麼如果有什麼事，就來我家吧。」

雷多貝爾先生搭車離去。

雖然他說偶爾會有人來打掃，但我有點在意灰塵。

我使用風魔法，把地上累積的灰塵吹到屋外，我在所有的房間都這麼做。因為屋裡沒有內附的大型家具以外的東西，才能使用這種方法。如果有其他小東西，就會一起被風吹走。

結束簡單的清掃後，我把熊熊傳送門設置在二樓寢室的隔壁房間。這麼一來，我就可以隨時造訪這座城市了。

回去得太晚會讓莎妮亞小姐和露依敏擔心，所以我把門窗關好，然後返回旅館。

「優奈，妳好晚才回來，沒什麼事吧？」

莎妮亞小姐一臉擔心地對我說道。

看來我讓她擔心了。

或許我應該早點回來。如果再晚一點我還沒回來，她似乎打算到雷多貝爾先生家接我。

「我沒事。我只是去見他的孫女，唸繪本給她聽，又喝了一點茶而已。」

我說明晚歸的理由，但隱瞞了收下房子的事。

「那就好。要是有人對妳做了什麼，要告訴我喔。」

我感謝莎妮亞小姐的好意，這時露依敏對我說：

「優奈小姐，非常感謝妳。」

露依敏深深低下頭。

我望向露依敏的手，她的手腕上確實戴著和莎妮亞小姐一樣的手環。

「幸好有拿回妳的手環。」

「這也是託優奈小姐的福。」

「付錢的人是莎妮亞小姐喔。」

我做的事情就只有騎著熊急牠們渡河而已。

雖然這是最困難的事，但這種技能是神給我的。我並不想靠技能向別人邀功。

「我聽姊姊說了整件事的經過。她說要不是有優奈小姐，就沒辦法拿回手環了。」

「沒有那回事啦，莎妮亞小姐也有功勞。」

「話說回來，原來熊緩和熊急可以在河面上跑啊。」

看來露依敏已經聽說水上步行的事了。

因為船隻會停航好幾天，為了盡早前往精靈村落，我有跟莎妮亞小姐說可以告訴露依敏。

「要道謝的話，就跟熊緩和熊急說吧。是牠們在雨中努力奔跑的成果。」

「好的，我當然也很感謝熊緩和熊急。」

「好了，既然優奈都回來了，我們出去吃飯吧。米蘭姐她們也在等了。」

莎妮亞小姐好像要請陪著露依敏的米蘭姐小姐等人吃晚餐。

莎妮亞小姐和露依敏一直在等我回到旅館。

我們前往約好碰面的餐廳。

「各位，真的很謝謝妳們。我的傻妹妹給妳們添麻煩了。」

莎妮亞小姐向米蘭姐小姐等人道歉。

「話說回來，我還是很好奇妳們是怎麼越過那條湍急的河流的。不過莎妮亞小姐真不愧是公會會長，竟然可以買回那個手環。」

「我們這種貧窮的冒險者根本辦不到。」

米蘭妲小姐等人自己這麼說，露出苦笑。

「可是優奈，妳是怎麼過河的？」

艾莉愛兒小姐靠過來問道。

我一邊遠離她，一邊回答：

「當然是祕密。」

「告訴我有什麼關係嘛。」

艾莉愛兒小姐噘起嘴巴。

「莎妮亞小姐，妳們是怎麼過河的？」

覺得從我口中問不出答案的米蘭妲小姐這麼詢問莎妮亞小姐。

「公會會長是不會洩漏冒險者的情報的。」

「唔唔，真可惜。」

我們聊完關於手環的事，談到了今後的計畫。

「船有可能出航嗎？」

「嗯～大概還要再等三天吧？我想到時候應該就會出航了。」

「不過，這幾天都沒有船出航，應該會有很多人要搭船。」

既然在這個城市當冒險者的米蘭妲小姐等人都這麼說了，船大概要到三天後才會開吧。

要搭船的話，我希望可以更輕鬆悠閒地欣賞沿途的景色，我不想搭乘人多的船。還是騎著熊緩和熊急移動好了。

「這次真的很謝謝妳們幫助露依敏。如果妳們有機會來王都，記得來冒險者公會一趟。我會答謝妳們的。」

「好的，如果有機會去王都，我們一定會去拜訪，無關謝禮。」

嗯，米蘭妲小姐等人畢竟是冒險者，一定會去冒險者公會。

如果到時候我也在王都就好了，不過可能有點難吧？

「優奈也住在王都嗎？」

艾莉愛兒小姐問我。我實在不太想告訴這個人，不過克里莫尼亞那麼遠，應該沒問題吧。

「我住在叫做克里莫尼亞的城市。」

「我想想，克里莫尼亞好像……」

「有點遠吧？」

艾莉愛兒小姐正在思考時，米蘭妲小姐這麼回答。

所以，妳們是沒辦法過來的。

「不過，也不是不能去啦。」

「既然這樣，我們下次去拜訪妳，要讓我們在妳家過夜喔。」

請容我全力拒絕。

我笑著敷衍這個請求。

「各位，真的很謝謝妳們。我真的很慶幸可以遇見妳們。」

「我們也沒幫上什麼忙就是了。」

「的確如此。」

「沒有那回事。大家對我這麼親切，我很開心。」

「很高興能聽到妳這麼說。妳和莎妮亞小姐跟優奈如果還會來這座城市，記得來找我們喔。」

「好的。」

後來，我們一直聊到吃完這頓飯為止。

隔天，下到昨天的雨終於停了，天空晴朗得令人難以置信。

可是因為河川的水勢依然湍急，船隻無法出航。我們按照預定計畫，為了騎乘熊緩和熊急過河，暫時走出城市。

我實在無法在天氣這麼好的日子召喚熊緩和熊急，用水上步行從碼頭走到對岸。所以，我決定先走到離城市有一段距離的地方再過河。

「這附近應該可以吧。」

我們來到遠離城市的上游。

當然了，附近沒有人影。

「要從這裡渡河啊。」

騎著熊緩的露依敏很高興地說道。

她從剛才開始就一直說著「還沒到嗎？」、「差不多可以了吧」之類的話。

「不要在河面上亂動喔。要是掉下去，我可不會負責。」

雖然天氣很好，水勢依然很湍急。

我想應該不會出事，但還是這麼警告露依敏。

熊緩和熊急往河川起跑，在河面上奔馳。

露依敏雖然沒有亂動，卻大呼小叫的。

「好厲害！真的在河面上跑耶！」

「露依敏，安靜一點。」

「可是姊姊，我們在河面上跑耶。」

「我知道。」

莎妮亞小姐想阻止妹妹繼續吵鬧，她卻不聽。

算了，反正也只要跑幾分鐘。

熊緩和熊急在轉眼之間就越過了河。

「熊緩，你好厲害。」

露依敏一下子擁抱，一下子撫摸熊緩。

都已經過了河，她的興奮之情似乎還是沒有平復。

我把這樣的露依敏交給莎妮亞小姐應付，我們再次往精靈村落出發。

熊熊勇闖異世界 9

新發表章節

露法 前篇

沙爾巴德家被一個打扮成熊的女孩擊潰，賈裘德大人也遭到逮捕。

賈裘德大人過去做了恐嚇、非法交易、賄賂等各式各樣的壞事。

而這次，他的兒子蘭道爾大人綁架這座城市的貴族——米莎娜大人的事件成了致命傷。

我正在屋裡打掃的時候，聽見玄關傳來一陣巨大的聲響。我趕往玄關，看到一個打扮成熊的女孩和黑熊與白熊。

打扮成熊的女孩非常憤怒，從她可愛的打扮來看，我難以想像她會用這麼凶狠的表情瞪著賈裘德大人與蘭道爾大人。

從他們的對話聽來，賈裘德大人與蘭道爾大人似乎綁架了法蓮格倫家的米莎娜大人。賈裘德大人否認了綁架一事，女孩卻很確定米莎娜大人就在這裡。

蘭道爾大人指示身為護衛的布拉德打倒女孩。我知道布拉德非常強。他說話時用字文雅，卻是個喜愛暴力的人，我並不想靠近這樣的人物。

布拉德與熊女孩的戰鬥開始了。我的腦中浮現女孩慘遭傷害的樣子，我希望她能逃走。

可是，可愛的熊女孩與布拉德打得不相上下，她使用魔法，最後甚至將布拉德打倒在地。

我對眼前的景象感到難以置信，其他的傭人似乎也一樣，所有人都緊盯著一動也不動的布拉德和憤怒的熊女孩。

我環顧四周，發現蘭道爾大人在不知不覺間消失了，現場只剩下賈裘德大人。

打扮成熊的女孩質問賈裘德大人。這個時候，消失的蘭道爾大人帶著米莎娜大人回來了。蘭道爾大人似乎是想把她當作人質。

可是，熊女孩在蘭道爾大人開口之前就把他打飛，救出了米莎娜大人。

米莎娜大人在啜泣，而熊女孩溫柔地擁抱了她。那種溫柔的表情或許才是熊女孩原本的表情吧。

賈裘德大人雖然大聲嚷嚷，卻被熊女孩一拳打昏。

後來，身為貴族的艾蕾羅拉大人現身，表示商人的孩子們也遭到綁架，逮捕了賈裘德大人。

不過短短一瞬間，沙爾巴德家便宣告毀滅。

這麼一來，我終於可以從賈裘德大人的手中解脫了。與此同時，我一直協助賈裘德大人的事情也會曝光。不過，這都是小事。

我主動表示願意協助艾蕾羅拉大人。雖然我至今和賈裘德大人一起做過的事情不可原諒，我還是想做些什麼。我帶著艾蕾羅拉大人去找被囚禁在地下室的孩子們。

我告訴孩子們，有人來救他們了，他們便露出開心的表情。離開地下室的時候，我拜託艾蕾羅拉大人晚點再確認其他的房間。

那些房間是拷問房，反抗賈裘德大人的人會被帶到裡面。我曾有好幾次聽到叫聲從裡面傳出，幾天後卻又聽不見了。

我一次也不曾進去過，但真實情況並不難猜。

把孩子們送走之後，我和艾蕾羅拉大人在賈裘德大人的房間找到地下室的房間鑰匙，帶著兩名護衛回到地牢。

「這個房間裡有什麼？」

我使用在賈裘德大人的房間找到的鑰匙打開房門。打開門的瞬間，一股刺鼻的惡臭飄了出來。

「這是什麼味道？」

房內充滿了血腥味。

看到這個房間的艾蕾羅拉大人已經不需要我的說明了。

艾蕾羅拉大人和護衛們開始調查房間內部。

我打開了房間裡的桌子抽屜。

裡面放著幾張市民卡和公會卡。我慢慢地確認一張一張的卡片。

……找到了。

我找到了寫著爸爸的名字的公會卡。

爸爸根本不可能逃走，爸爸不可能會拋棄我，我一看到爸爸的公會卡便流下淚水。

「露法？」

艾蕾羅拉大人從後面呼喚我，但我沒辦法回應。我強忍著嗚咽，然後擦乾眼淚，轉過身對艾蕾羅拉大人這麼說：

「這些可能是在這個房間遇害的人的市民卡和公會卡，請確認一下。」

「妳的父親也在裡面嗎？」

「是的，裡面也有我父親的公會卡。」

「這樣呀。我真不知道該對妳說些什麼。」

「我沒事的，我也曾經想過父親遇害的可能性。只是，我一看到父親的公會卡，眼淚就停不下來了。」

「親人遭到殺害，這也沒辦法。」

不管我怎麼擦，眼淚就是流個不停。

……爸爸。

「艾蕾羅拉大人，我有一個請求。」

「什麼請求？」

「可以請您向賈裘德大人確認遇害的人的遺體在哪裡嗎？」

我想知道爸爸在哪裡。

「我當然會確認，家人至少該有為死者獻花的權利。」

「非常謝謝您。」

後來，我們繼續探索屋內，我卻覺得愈來愈不舒服。

「妳到房外休息一下吧。」

「不，請讓我幫忙。」

「我是很感謝妳的幫助，不過妳真的沒事嗎？」

「是的，我沒事。」

「妳真堅強。」

我並不堅強。我一直都想要逃走，可是我太懦弱了，根本不敢逃走。所以，我並不堅強。

後來，也確認完其他房間的我們前往賈裘德大人的房間，開始正式的調查。

「這裡有賈裘德大人與商人的契約書。」

我從抽屜裡找出大量的契約書。

「其中也有因為被恐嚇才簽訂的契約，麻煩您確認。」

「數量相當多呢。這是葛蘭老爺的工作，不過，既然數量這麼龐大，就得從王都找人來支援了。」

熊熊勇闖異世界

我接著確認下一個抽屜。

「這是……」

「找到什麼了嗎？」

「是我的市民卡。」

我把市民卡遞給艾蕾羅拉大人，我也是罪犯的其中之一，其他的傭人也都交出了市民卡。所以，我也覺得我的市民卡應該交給艾蕾羅拉大人保管。

或許是能理解我的心情，艾蕾羅拉大人收下了市民卡。除了我之外，我也同樣找到了其他傭人的市民卡。

「竟然沒收別人的市民卡，太過分了。」

「我畢竟有債務在身，這也是沒辦法的。」

「妳真豁達呢。」

「……大概是因為如果不這麼想，我就撐不下去吧。」

可是，看到爸爸的公會卡時，我忍不住哭了。當時的我沒辦法壓抑湧上心頭的感情。我的內心有個角落一直抱著爸爸可能還活著的希望。所以，我才有辦法努力到今天。

「對不起。」

艾蕾羅拉大人對我這麼說，但這件事不該由艾蕾羅拉大人來道歉。

後來，一臉疲憊的葛蘭大人抵達，艾蕾羅拉大人開始向他說明。

「要把這些全部調查完，恐怕會花很多時間。」

艾蕾羅拉大人小聲嘆氣。

「是啊，沒想到情況會這麼嚴重。」

葛蘭大人聽了賈裘德大人做過的事，表情又變得更加疲憊了。

在賈裘德大人的宅邸工作的傭人都被帶往拘留所了，我也不例外。我一直待在賈裘德大人身邊辦事，所以知道許多內情，被拘留在不同於其他人的單人房。

進入拘留所的人依序接受訊問，與賈裘德大人沒有牽扯的人已經獲釋，回到家人的身邊。可是，我到現在還留在這裡。

待在賈裘德大人身邊辦事的我不可能重獲自由。

不論如何，我都沒辦法逃走。我在這座城市沒有家人，也沒有市民卡，所以無法離開城市。不過，就算我離開了城市，也無處可去。

有時候艾蕾羅拉大人和葛蘭大人會來向我問話，或是帶我去賈裘德大人的宅邸，要求我進行說明。

賈裘德大人被捕後過了幾天，葛蘭大人和艾蕾羅拉大人啟程前往王都，賈裘德大人似乎也要一起去。

出發之前，艾蕾羅拉大人和葛蘭大人來找我。

「我不用跟兩位一起去嗎？」

「沒有那個必要。」

「妳給我們的情報全都是正確的，我們沒有理由帶妳去王都。」

「這樣啊。」

我還以為自己會被一起帶去，卻似乎得留下來。

「賈裘德的懲罰一旦確定，妳的處置也會確定。不好意思，要請妳暫時再等一下了。」

「是。」

我知道自己沒有未來。

接下來只須等待。

艾蕾羅拉小姐返回王都

「唉。」

我忍不住嘆氣。

我因為想念諾雅，拜託國王讓我來到錫林城，沒想到會發生這麼嚴重的事。

我以調查錫林城為名目，跑來見諾雅。錫林城是罕見地同時由法蓮格侖家和沙爾巴德家這兩家貴族統治的城市。

兩家當初雖然關係融洽，卻在其子孫繼承領主大位的過程中漸漸交惡，交惡的其中一個主要原因是沙爾巴德家的賈裘德當上了一家之主。

雖然有負面傳聞，卻沒有證據，狀況一直被擱置不管。

光靠謠言是無法定罪的。靠謠言來定罪，就等於是宣告一個國家的終結。國家必須基於明確的證據來裁罰罪人。

所以，來與諾雅見面的同時，我希望能找到可以揭發沙爾巴德家惡行的證據。

我來到錫林城的第二天，事件就發生了。

葛蘭．法蓮格侖的孫女——米莎娜遭到綁架。得知這件事的優奈怒火中燒，完全失控。她指示熊召喚獸找出米莎娜的所在地，獨自闖入沙爾巴德家。

我離開商業公會，走在街上時，看到面目猙獰的優奈騎著熊緩在城市裡狂奔，嚇了一跳。

我帶著三個護衛追上優奈，來到賈裘德的宅邸。大門被打壞，門板已經消失。

我走進宅邸的時候，優奈正要毆打長相神似蟾蜍的賈裘德。我大叫著阻止她，卻來不及，賈裘德被揍了一拳。

那也是沙爾巴德家毀滅的瞬間。

優奈出現在這座城市，對沙爾巴德家來說是一件不幸的事。

因為她是優奈，才能把身為王宮料理長的賽雷夫從王都帶來這裡。因為她是優奈，賽雷夫才能如期趕上派對。因為她是優奈，我們才能得知米莎娜被綁至何處。因為她是優奈，才能單獨闖入沙爾巴德家。因為她是優奈，才能打倒經驗老道的護衛。

對沙爾巴德家來說，優奈就像是一場惡夢吧。

對法蓮格侖家來說，優奈反而是幸運女神。

「呵呵。」

想到一個打扮成熊的可愛女孩是女神，我就忍不住笑了。

與優奈相識的善良之人都漸漸獲得幸福，而與她敵對的人不論是魔物還是冒險者，都會變得

不幸。她真的就像女神一樣。

優奈的存在使兩家分出了勝負。

我現在正在整理要向國王陛下報告的資料。

我本來可以跟女兒一起開心度假的。

能夠看到女兒等人和熊一起玩的樣子是我唯一的安慰。諾雅她們穿上熊的服裝，和優奈的熊一起玩的模樣非常可愛。

我調查賈裘德的犯罪事件，基於契約書蒐集證言，確認實際上發生的事。

葛蘭老爺和克里夫、李奧納多都有幫忙，但我是國王陛下的代理人，工作一定會比較多。

傭人和相關人員大多會如實說出一切，但訊問賈裘德是一件很辛苦的事。他一開口就是謾罵，兒子也跟賈裘德很像，總是口出惡言。可是，當我用證據和證言逼問賈裘德，他便漸漸就範。

話說回來，賈裘德的惡行簡直是挖也挖不完，真虧他能做出這麼多壞事。

將證據和證言都大致蒐集完畢的我與葛蘭老爺一同前往王都。

「要不是發生這種事，我就可以用視察當藉口，去克里莫尼亞一趟了。」

預定計畫被打亂，我沒能前往克里莫尼亞，而是得返回王都。

「真抱歉。」

和我搭乘同一輛馬車的葛蘭老爺向我道歉。

「沒關係啦，這又不是葛蘭老爺的錯，全部都要怪賈裘德。」

「不過，妳能來真是幫了我大忙。如果沒有妳在，事情或許不會進展得這麼順利。」

「這全都是託優奈的福。是優奈發現米莎娜被綁到沙爾巴德家，教訓了對方一頓。」

「是啊，我畢竟有領主包袱，沒辦法做出像她那樣的事。而且米莎娜被藏起來，如果找不到，我們的立場就會全面惡化。那麼一來，我們會失去發言權，再也無法反抗賈裘德。」

所以，優奈採取的行動幫助了我們。

偵辦貴族需要相當大的權限。就算看似可疑，也不能擅自調查宅邸內部。如果強行調查卻沒有找到證據，就必須承擔後果。

「不過這麼一來，沙爾巴德家大概完蛋了吧。」

綁架貴族之女的行為是很嚴重，但除此之外還有許多其他的犯罪證據。

殺人和綁架、賄賂、貪汙。他們已經越過禁忌的界線。

很清楚這一點的賈裘德得知自己要去王都的時候，變得垂頭喪氣。可是他的兒子並不知道自己做的事有多壞，他大概一直都過著嬌生慣養的生活吧。

從這一點來說，我的女兒等人都是很乖巧的孩子。

只不過，最近諾雅因為優奈的關係而喜歡上熊，讓我有點不放心。優奈的打扮和熊緩與熊急都很可愛，這也沒辦法。只要她不做壞事，我就不會責罵她。

因為連我也覺得很可愛。

我們一抵達王都，賈袞德和他的兒子蘭道爾就被士兵帶走了。

我和葛蘭老爺進入城堡，前去向國王陛下報告。

「妳回來了啊。」

「難得的機會，我還以為可以跟女兒一起度假的。」

「別廢話了，快點報告。」

面對性急的國王陛下，我和葛蘭老爺開始報告一連串騷動的起因——米莎娜被綁架的事件。

「那個熊女孩真是……」

聽完我和葛蘭老爺的報告，國王陛下笑了。

「多虧有優奈幫了我們大忙。」

「所以，證據都已經蒐集齊全了吧？」

「我已經扣押了所有文件，商人們的偵訊也已經結束了。我會交代留在當地的視察團進行詳細的報告。」

「那麼，就目前所知的範圍，跟我報告關於賈袞德的事吧。」

我根據資料，開始報告目前所知的沙爾巴德家的罪行。我每報告一件事，國王陛下的表情就會變得更加難看。

「艾蕾羅拉，我現在就想馬上將他處以極刑。」

「國王陛下。」

「他好像在我的國家胡作非為嘛。他跟商業公會的關係如何？」

「他與錫林的公會會長有勾結。」

「跟波爾納德商會的關聯呢？」

「目前尚未發現。」

現在的公會會長也是因為前會長年事已高退休，才會代為就任錫林的公會會長。目前還不知道其中有沒有波爾納德商會的干預或指示。

「這樣啊。」

我已經向王都的商業公會報告過了，所以會有新的公會會長前往錫林城赴任。這麼一來，錫林城的商業公會應該也能正常運作了。

報告結束後過了一陣子，沙爾巴德家的懲處確定了。

沙爾巴德家的伯爵之位遭到剝奪，財產則沒收，而賈袞德被判處死刑，他的兒子蘭道爾會被

遠親收養，今後不得再進入錫林城，也無法再成為貴族。

原本由沙爾巴德家治理的錫林城將由法蓮格侖家治理。

葛蘭老爺同時從錫林領主的位子退休，由兒子李奧納多繼承，成為新的領主。

「現在剛好是退位的好時機，賈袞德也不在了，李奧納多應該能夠勝任。既然城市即將改頭換面，換個新領主也好。」

葛蘭老爺這麼說。

「而且，如果我好好處理，事情或許就不會變成這個樣子。這次的事不只賈袞德有責任，我也有責任。」

葛蘭老爺希望替換領主的請求很快就被國王陛下批准了。

報告完的葛蘭老爺即將返回錫林城。

我有一件想向葛蘭老爺確認的事。

「你打算怎麼處置那個女孩？」

「那個女孩？」

「我是指原本待在賈袞德身邊的露法啦。」

「啊啊，妳是說露法啊。」

「要不要讓她來我這裡？」

她待在賈袞德身邊做事，知道了許多內情。她雖然也是其中一位受害者，卻不能無罪釋放。

可是，如果讓她接受我的管理，我就能保障她的自由。

「妳不必擔心，我打算收留她。」

「這樣啊。」

我決定信任葛蘭老爺，交給他去處理。

露法　後篇

葛蘭大人和艾蕾羅拉大人前往王都之後，又過了幾天呢？

我躺在床上看著天花板，什麼都不想。不，說我什麼都不想思考或許比較正確。可是，想要放空自己是很困難的事。房間很安靜，一個人也沒有，時間無窮無盡。所以，我忍不住思考。思考賈裘德大人的事、爸爸的事，還有我自己的未來。

爸爸早已遇害的事也讓我大受打擊。殺死爸爸的賈裘德大人已經被捕。我不知道他會受到什麼樣的懲處，但根據葛蘭大人和艾蕾羅拉大人的說法，應該會是相當重的刑罰。

我的心就像是被開了一個大洞，卻又覺得呼吸困難，身體沉重。

爸爸……我好想你。

我今天也躺在床上看著天花板。我以為自己今天也會重複同樣的事，房門卻被打開，有個年老的男性走進房間。

「……葛蘭大人。」

走進房間的人是葛蘭大人。

「抱歉來晚了，跟我來吧。」

葛蘭大人帶我走出房間。

葛蘭大人什麼都沒有說，只是往前走，我跟在葛蘭大人的後面。我們走出建築物，搭上馬車。

我會被帶往哪裡呢？就算要上死刑台，我也沒有怨言。

坐在我眼前的葛蘭大人不時往我這裡瞄過來。他似乎有什麼話想說，卻還是沉默地閉著嘴巴。我只聽得見馬車行駛的噠噠聲。

馬車內很寂靜。我有些事情想問葛蘭大人，卻說不出話來。我望向葛蘭大人旁邊的座位，上面放著花束。

結果我還是什麼都沒有問出口，馬車就停了下來。

「下車吧。」

我聽從葛蘭大人的話，走下馬車。

「這裡是？」

馬車停在郊區，四周生長著茂密的樹木。

為什麼要來這裡？

我正在環顧周圍的時候，葛蘭大人向我遞出一束花，那是放在馬車裡的花束。可是，為什麼要給我？

我一頭霧水。

「葛蘭大人？」

「拿著它，過來這裡。」

葛蘭大人繼續往前走。

乖乖接過花束的我走在葛蘭大人身後。

「就是這裡。」

葛蘭大人在一棵樹前停下腳步。

「……妳的父親就長眠在這棵樹下。」

葛蘭大人有些難以啟齒地這麼說道。

「爸爸在這裡……」

「我們讓賈裘德招供，向埋葬妳父親的人問出了這個地點。」

艾蕾羅拉大人遵守了諾言。

葛蘭大人把手上的花放在樹下，雙手合十，然後他退開，把位置讓給我。我緩緩走向樹下，接著，我把花放在葛蘭大人放的花旁邊，雙手合十。

爸爸，原來你在這種地方。

（這裡能曬到陽光，是很舒適的地方呢。）

周圍沒有建築物，是很安靜的地方，卻也是有陽光的好地方。

（幸好不是陰暗的地方，真是太好了。）

眼淚滑落臉頰。

我還以為自己不會再哭了。

不行，眼淚根本止不住。

爸爸……

我與爸爸之間的回憶湧上心頭。快樂的事、悲傷的事、媽媽去世時一起哭泣的事。各式各樣的回憶流過我的腦海。

我擦乾眼淚，望向葛蘭大人。

「這樣就好了嗎？」

葛蘭大人一直保持沉默，等待著我。

「非常謝謝您，我很高興可以在最後見父親一面。」

幸好可以在死前來拜訪爸爸長眠的地方。

「最後？妳想來幾次都可以啊。」

「…………」

我不能理解葛蘭大人的意思。

「只來一次，他就太可憐了。妳要常常來看他，這樣妳父親也會高興的。」

「可是，我的懲罰……」

「對了，我還沒有告訴妳。妳要接受我的管理，也就是觀察處分。」

「觀察處分？」

「妳不必想得太複雜，把我當作妳的監護人就行了。沒有我的許可，妳不能離開城市，但基本上可以自由行動。」

「……葛蘭大人，可是我……無處可去。」

「那就在我這裡工作吧，我正好想找個優秀的女僕。話雖如此，我也已經把領主的位子讓給兒子了，現在不過是個普通的老頭子。」

葛蘭大人露出溫柔的表情微笑。我聽說葛蘭大人為了這次的事件辭去了領主的職務，交由兒子李奧納多大人繼承。

「我真的可以嗎？」

「只要妳不嫌棄我這個老頭子。如果妳不想要，去艾蕾羅拉那裡也可以。」

「艾蕾羅拉大人嗎？」

「她很擔心妳的事。她曾說過願意收留妳，我想艾蕾羅拉應該會是個好主人，妳覺得如何？」

葛蘭大人溫柔地為我指出可以前進的道路。

我轉頭望向父親長眠的地方。

「請讓我在您身邊工作。」

我還要再來見爸爸。只要待在這座城市，我就可以隨時來拜訪。

「嗯，那就請妳多關照了。」

我握住葛蘭大人伸出的手。

「還有，我要把這個交給妳。」

葛蘭大人從口袋裡取出一張卡片交給我。

我收下卡片，是一張公會卡。

「……是爸爸的。」

這是在那個房間找到的爸爸的公會卡。

「我們沒有找到其他遺物，我想至少有這個也好。」

看到公會卡上的爸爸的名字，我的眼眶又湧出淚水。

「非常謝謝您。」

我把爸爸的公會卡抱在胸前。

後來我前往葛蘭大人的宅邸工作，過著忙碌的每一天。

過了一陣子，我從葛蘭大人口中聽聞賈袞德大人被處死的事。據說蘭道爾大人被親戚收養了。

聽到賈袞德大人被處死的消息時，我並不覺得高興，而是有種拴在脖子上的鎖鏈終於鬆脫的感覺。

我要在葛蘭大人身邊努力工作，好好贖罪。

後記

好久不見，我是くまなの。感謝您拿起《熊熊勇闖異世界》第九集。多虧各位讀者，第九集才能順利出版。

本集延續了上一集，仍然是法蓮格侖家與沙爾巴德家的故事。

米莎遭到綁架，優奈非常生氣，簡直是大發雷霆，就算對象是貴族也照打不誤，這證明了惹熊生氣是非常危險的事，這或許是優奈第一次真的生氣。優奈基本上對他人沒有興趣，但只要有人向她求助，她就會伸出援手。不過，這次她沒有先冷靜思考，而是受自己的感情驅使而採取行動。優奈來到異世界，從認識菲娜開始，漸漸有了一些重視的人。並不是在遊戲裡，而是真正存在的重要朋友。

我在新發表章節寫了網頁版沒有寫到的露法的故事。露法是很善良的女性，她也曾經想過要自我了斷。即使如此，她還是抱著渺小的希望，等待父親的歸來，但她的希望破滅了。不過，有人對她伸出了援手。露法接受了葛蘭先生的幫助，希望露法可以獲得幸福。

而在這一集出版的時候，漫畫應該已經開始連載了。雖然寫小說也是件辛苦的事，但我覺得畫漫畫更加辛苦。漫畫家必須從零開始創造所有的角色。

角色設計和分鏡、描繪每個表情都是非常辛苦的過程。我對せるげい老師有說不盡的感謝。

漫畫版可以在ｃｏｍｉｃ ＰＡＳＨ！的網站免費閱讀，希望大家也可以欣賞せるげい老師所畫的漫畫版熊熊。

最後我要感謝在出書的過程中盡心盡力的各位同仁。

這次０２９老師也畫了迷人的插畫，謝謝您。露依敏這個新角色真的很可愛。

很感謝編輯幫忙抓出我的錯字與漏字。另外還有參與《熊熊勇闖異世界》第九集出版過程的同仁，非常感謝各位的協助。

感謝把這本書讀到這裡的各位讀者。

那麼，期待能在第十集再次相見。

二〇一八年三月吉日　くまなの

© Kinosuke Naito 2018 / KADOKAWA CORPORATION

異世界悠閒農家 1~3 待續

作者：內藤騎之介　插畫：やすも

充滿特色的村民相繼成為夥伴，
令人期待的第三集!!

天使族族長的女兒琪亞比特突然來到「大樹村」，她的目的是讓擅自與天使族蒂雅結婚的火樂進行試煉。火樂面臨五項試煉雖然感到膽怯，但仍堂堂正正面對挑戰！

各 **NT$280~300/HK$90~100**

© Natsu Hyuuga 2015 / Shufunotomo Infos Co.,Ltd.

藥師少女的獨語 1~4 待續

作者：日向夏　插畫：しのとうこ

後宮名偵探誕生？
酣暢淋漓的宮廷推理劇登場！

翡翠宮的眾人得知玉葉妃腹中之子胎位為逆產兒。貓貓判斷在缺乏高明醫官的後宮生產性命堪憂，建議將養父羅門迎入後宮，卻使得新的問題浮上檯面。貓貓察覺至今為止在後宮發生的案件有其共通性，決定著手調查，卻因此遭人綁架——

各 **NT$220~260/HK$75~87**

©Matsuura, keepout 2018 / KADOKAWA CORPORATION

轉生後的我成了英雄爸爸和精靈媽媽的女兒 1 待續

作者：松浦　插畫：keepout

精靈艾倫運用前世的知識和精靈的力量，
守護重要的家人！

經歷了埋首於研究工作的前世，轉生後的我變成了元素精靈。爸爸以前是英雄，媽媽是精靈王，我也天生擁有超強的能力……我在爸爸、媽媽與許多精靈的溺愛下很快地長大，卻在和爸爸造訪人界的時候被國王盯上，全家人陷入危機？

NT$200/HK$67

©Okina Baba, Tsukasa Kiryu 2018 / KADOKAWA CORPORATION

轉生成蜘蛛又怎樣！ 1~9 待續

作者：馬場翁　插畫：輝竜司

擁有轉移能力的「我」，
能順利逃離這個世界，見到那位「D」嗎？

跟魔王等人一起在魔族領地定居下來後，以某個偶然的意外為契機，「我」意想不到地完全復活了！神化後的「我」的最大武器便是轉移能力，也就是說，運用這股力量，要見世界管理者「D」也不再難如登天了嗎……!?

各 **NT$240~250/HK$75~83**

國家圖書館出版品預行編目資料

熊熊勇闖異世界 / くまなの作 ; 王怡山譯. -- 初版. -- 臺北市 : 臺灣角川, 2020.03-

冊 ; 公分. -- (Kadokawa fantastic novels)

譯自 : くまクマ熊ベアー.9

ISBN 978-957-743-622-1(第9冊 : 平裝)

861.57 109000709

Kadokawa
Fantastic
Novels

熊熊勇闖異世界 9

（原著名：くま クマ 熊 ベアー 9）

2020年3月9日　初版第1刷發行
2020年12月4日　初版第2刷發行

作　者：くまなの
插　畫：029
譯　者：王怡山

發行人：岩崎剛人
總編輯：蔡佩芬
編　輯：蘇涵
美術設計：黃永漢
印　務：李明修（主任）、張加恩（主任）、張凱棋

發行所：台灣角川股份有限公司
地　址：105台北市光復北路11巷44號5樓
電　話：（02）2747-2433
傳　真：（02）2747-2558
網　址：http://www.kadokawa.com.tw
劃撥帳戶：台灣角川股份有限公司
劃撥帳號：19487412
法律顧問：有澤法律事務所
製　版：尚騰印刷事業有限公司
ISBN：978-957-743-622-1

※版權所有，未經許可，不許轉載。
※本書如有破損、裝訂錯誤，請持購買憑證回原購買處或連同憑證寄回出版社更換。

KUMA KUMA KUMA BEAR 9" by Kumanano
Copyright © 2018 Kumanano
All rights reserved.
Original Japanese edition published by SHUFU-TO-SEIKATSU SHA LTD., Tokyo.